COLLECTION FOLIO

D0050594

Joseph Kessel

de l'Académie française

Le lion

Gallimard

NOTE LIMINAIRE

Ce roman rend hommage à l'œuvre accomplie par l'administration des Parcs nationaux du Kenya, qui sauvegarde pour les générations à venir la vie sauvage en Afrique orientale, et à la dévotion enthousiaste des hommes qui ont la charge de ces réserves, singulièrement à mon ami le major Taberer dans la maison duquel j'ai conçu le thème de cette histoire.

C'est dans la réserve d'Ambolesi que se déroule l'action du roman. Chaque Parc national possède évidemment un directeur. Mais le caractère de celui qui paraît dans ce livre ainsi que ceux de sa femme et de sa fille sont entièrement inventés par l'auteur. Personnages de roman, ils n'ont rien de commun avec la famille du major Taberer. Je veux dire cependant la gratitude que je lui porte pour avoir partagé avec moi sa longue et rare expérience des bêtes sauvages. Sans son secours, ce livre n'aurait pas été possible.

PREMIÈRE PARTIE

I

Est-ce qu'il avait tiré sur mes paupières pour voir ce qu'elles cachaient ? Je n'aurais pu le dire avec certitude. J'avais bien eu le sentiment, au sortir du sommeil, qu'un pinceau léger et râpeux s'était promené le long de mon visage, mais, quand je m'éveillai vraiment, je le trouvai assis, très attentif, au niveau de l'oreiller, et qui m'examinait avec insistance.

Sa taille ne dépassait pas celle d'une noix de coco. Sa courte fourrure en avait la couleur. Ainsi vêtu depuis les orteils jusqu'au sommet du crâne, il semblait en peluche. Seul, le museau était couvert par un loup en satin noir à travers lequel brillaient deux gouttes : les yeux.

Le jour commençait à peine, mais la lumière de la lampe tempête que j'avais oublié d'éteindre dans ma fatigue me suffisait pour apercevoir nettement, sur le fond blanc des murs crépis à la chaux, cet incroyable envoyé de l'aube.

Quelques heures plus tard, sa présence m'aurait paru naturelle. Sa tribu vivait dans les hauts arbres répandus autour de la hutte ; des familles entières jouaient sur une seule branche. Mais j'étais arrivé la veille, épuisé, à la nuit tombante. C'est pourquoi je

11

considérais en retenant mon souffle le singe minuscule posé si près de ma figure.

Lui non plus il ne bougeait pas. Les gouttes elles-mêmes dans le loup de satin noir étaient immobiles.

Ce regard était libre de crainte, de méfiance et aussi de curiosité. Je servais seulement d'objet à une étude sérieuse, équitable.

Puis la tête en peluche, grosse comme un poing d'enfant au berceau, s'infléchit sur le côté gauche. Les yeux sages prirent une expression de tristesse, de pitié. Mais c'était à mon propos.

On eût dit qu'ils me voulaient du bien, essayaient de me donner un conseil. Lequel ?

Je dus faire un mouvement dont je n'eus pas conscience. La boule mordorée, ombre et fumée en même temps, sauta, vola de meuble en meuble jusqu'à la fenêtre ouverte et se dissipa dans la brume du matin.

Mes vêtements de brousse gisaient à terre, tels que je les avais jetés en me couchant, au pied du lit de camp, près de la lampe tempête.

Je les mis et gagnai la véranda.

J'avais le souvenir d'avoir noté la veille, en dépit de l'obscurité, que des massifs d'épineux encadraient ma hutte et que, devant, une immense clairière s'enfonçait dans le secret de la nuit. Mais, à présent, tout était enveloppé de brouillard. Pour seul repère, j'avais, juste en face, au bout du ciel, sur la cime du monde, la table cyclopéenne chargée de neiges éternelles qui couronne le Kilimandjaro.

Un bruit semblable à un très furtif roulement de dés attira mon attention vers les marches de bois cru par où l'on accédait à la véranda. Lentement, délibérément, une gazelle gravissait le perron.

Une gazelle en vérité, mais si menue que ses oreilles ne m'arrivaient pas aux genoux, que ses cornes étaient pareilles à des aiguilles de pin et que ses sabots avaient la dimension d'un ongle.

Cette merveilleuse créature sortie du brouillard ne s'arrêta que devant mes chevilles et leva son museau vers moi. Je me baissai avec toute la précaution possible et tendis la main vers la tête la plus finement ciselée, la plus exquise de la terre. La petite gazelle ne remuait pas. Je touchai ses naseaux, les caressai.

Elle me laissait faire, ses yeux fixés sur les miens. Et dans leur tendresse ineffable, je découvris le même sentiment que dans le regard si mélancolique et sage du petit singe. Cette fois encore, je fus incapable de comprendre.

Comme pour s'excuser de ne pouvoir parler, la gazelle me lécha les doigts. Puis elle dégagea son museau tout doucement. Ses sabots firent de nouveau, sur les planches du perron, le bruit de dés qui roulent. Elle disparut.

J'étais seul de nouveau.

Mais déjà, en ces quelques instants, l'aube tropicale, qui est d'une brièveté saisissante, avait fait place à l'aurore.

Du sein des ombres, la lumière jaillissait d'un seul coup, parée, armée, glorieuse. Tout brillait, étincelait, scintillait.

Les neiges du Kilimandjaro traversées de flèches vermeilles.

La masse du brouillard que les feux solaires creusaient, défaisaient, aspiraient, dispersaient en voiles, volutes, spirales, fumées, écharpes, paillettes, gouttelettes innombrables et pareilles à une poudre de diamant.

L'herbe d'ordinaire sèche, rêche et jaune, mais à cet instant molle et resplendissante de rosée...

Sur les arbres répandus alentour de ma hutte, et

dont les sommets portaient des épines vernies à neuf, les oiseaux chantaient et jacassaient les singes.

Et devant la véranda, les brumes, les vapeurs se dissipaient une à une pour libérer, toujours plus ample et mystérieux, un verdoyant espace au fond duquel flottaient de nouvelles nuées qui s'envolaient à leur tour.

Rideau après rideau, la terre ouvrait son théâtre pour les jeux du jour et du monde.

Enfin, au bout de la clairière où s'accrochait encore un duvet impalpable, l'eau miroita.

Lac ? Étang ? Marécage ? Ni l'un ni l'autre, mais, nourrie sans doute par de faibles sources souterraines, une étendue liquide, qui n'avait pas la force de s'épandre plus avant et frémissait dans un ondoyant équilibre entre les hautes herbes, les roseaux et les buissons touffus.

Auprès de l'eau étaient les bêtes.

J'en avais aperçu beaucoup le long des routes et des pistes — Kivou, Tanganyika, Ouganda, Kenya — au cours du voyage que je venais d'achever en Afrique Orientale. Mais ce n'étaient que visions incertaines et fugitives : troupeaux que le bruit de la voiture dispersait, silhouettes rapides, effrayées, évanouies.

Lorsque, parfois, j'avais eu la chance d'épier quelque temps un animal sauvage à son insu, je n'avais pu le faire que de très loin ou en cachette, et pour ainsi dire frauduleusement.

Les attitudes que prenaient dans la sécheresse de la brousse les vies libres et pures, je les contemplais avec un singulier sentiment d'avidité, d'exaltation, d'envie et de désespoir. Il me semblait que j'avais retrouvé un paradis rêvé ou connu par moi en des âges dont j'avais perdu la mémoire. Et j'en touchais le seuil. Et ne pouvais le franchir.

De rencontre en rencontre, de désir en désir frustré, le besoin était venu — sans doute puéril, mais toujours plus exigeant — de me voir admis dans l'innocence et la fraîcheur des premiers temps du monde.

Et, avant de regagner l'Europe, j'avais résolu de passer par un des Parcs royaux du Kenya, ces réserves où des lois d'une rigueur extrême protègent les bêtes sauvages dans toutes les formes de leur vie.

Maintenant elles étaient là.

Non plus en éveil, en méfiance, et rassemblées sous l'influence de la crainte par troupes, hardes, files et bandes, selon la race, la tribu, la famille, mais confondues et mêlées au sein d'une sécurité ineffable dans la trêve de l'eau, en paix avec la brousse, elles-mêmes et l'aurore.

A la distance où je me trouvais, il n'était pas possible de distinguer l'inflexion des mouvements, ou l'harmonie des couleurs, mais cette distance ne m'empêchait pas de voir que les bêtes se comptaient par centaines et centaines, que toutes les espèces voisinaient, et que cet instant de leur vie ne connaissait pas la peur ou la hâte.

Gazelles, antilopes, girafes, gnous, zèbres, rhinocéros, buffles, éléphants — les animaux s'arrêtaient ou se déplaçaient au pas du loisir, au gré de la soif, au goût du hasard.

Le soleil encore doux prenait en écharpe les champs de neige qui s'étageaient au sommet du Kilimandjaro. La brise du matin jouait avec les dernières nuées. Tamisés par ce qui restait de brume, les abreuvoirs et les pâturages qui foisonnaient de mufles et de naseaux, de flancs sombres, dorés, rayés, de cornes droites, aiguës, arquées ou massives, et de trompes et de défenses, composaient une tapisserie fabuleuse suspendue à la grande montagne d'Afrique.

Quand et comment je quittai la véranda pour me mettre en marche, je ne sais. Je ne m'appartenais plus. Je me sentais appelé par les bêtes vers un bonheur qui précédait le temps de l'homme.

J'avançai sur le sentier au bord de la clairière, le long d'un rideau formé par les arbres et les buissons. Mon approche, au lieu d'altérer, dissiper la féerie, lui donnait plus de richesse et de substance.

Chaque pas me permettait de mieux saisir la variété des familles, leur finesse ou leur force. Je discernais les robes des antilopes, le front terrible des buffles, le granit des éléphants.

Tous continuèrent à brouter l'herbe, à humer l'eau, à errer de touffe en touffe, de flaque en flaque. Et je continuai de cheminer. Et ils étaient toujours là, dans leur paix, dans leur règne, chaque instant plus réels, plus accessibles.

J'avais atteint la limite des épineux. Il n'y avait qu'à sortir de leur couvert, aborder le sol humide et brillant pour connaître, sur leur terrain consacré, l'amitié des bêtes sauvages.

Rien ne pouvait plus m'en empêcher. Les réflexes de la prudence, de la conservation étaient suspendus au bénéfice d'un instinct aussi obscur que puissant et qui me poussait vers l'autre univers.

Et qui, enfin, allait s'assouvir.

Juste à cet instant, un avertissement intérieur m'arrêta. Une présence toute proche s'opposait à mon dessein. Il ne s'agissait pas d'un animal. J'appartenais déjà à leur camp, à leur monde. L'être que je devinais — mais par quel sens? — appartenait à l'espèce humaine.

16

J'entendis alors ces mots, en anglais :

— Vous ne devez pas aller plus loin.

Deux ou trois pas me séparaient au plus de la silhouette fragile que je découvris dans l'ombre d'un épineux géant. Elle ne cherchait pas à se cacher. Mais comme elle était parfaitement immobile et portait une salopette d'un gris éteint, elle semblait faire partie du tronc auquel elle s'appuyait.

J'avais en face de moi un enfant d'une dizaine d'années, tête nue. Une frange de cheveux noirs et coupés en boule couvrait le front. Le visage était rond, très hâlé, très lisse. Le cou, long et tendre. De grands yeux bruns qui semblaient ne pas me voir étaient fixés sans ciller sur les bêtes.

A cause d'eux, j'éprouvai le sentiment très gênant de me voir surpris par un enfant à être plus enfant que lui.

Je demandai à voix basse :

— On ne peut pas aller là-bas ? C'est défendu ?

La tête coiffée en boule confirma d'un signe bref, mais son regard demeurait attaché au mouvement des bêtes.

Je demandai encore :

— C'est sûr ?

— Qui peut le savoir mieux que moi ? dit l'enfant. Mon père est l'administrateur de ce Parc royal.

— Je comprends tout, dis-je. Il a chargé son fils de la surveillance.

Les grands yeux bruns me regardèrent enfin. Pour la première fois la petite figure hâlée prit une expression en harmonie avec son âge.

— Vous vous trompez, je ne suis pas un garçon, dit l'enfant en salopette grise. Je suis une fille et je m'appelle Patricia.

II

Ce n'était pas la première fois que Patricia étonnait ainsi un visiteur. La malice triomphante de son visage le montrait bien.

En même temps, et sans doute pour mieux convaincre, le sourire, le regard, l'inflexion du cou s'animaient d'un instinct de séduction aussi naïf qu'éternel et donnaient son identité véritable à la silhouette enfantine.

J'avais sans doute besoin de ce choc pour me rendre au sentiment du réel : une petite fille était là, seule, dans la brousse, dès l'aube, à quelques pas des bêtes. Je dis :

— On vous permet de sortir si tôt, si loin ?

Patricia ne répondit pas. Ses traits, de nouveau immobiles et sérieux, pouvaient de nouveau passer pour ceux d'un garçon. Elle contemplait, comme si je n'avais pas existé, les troupeaux sauvages.

La lumière, maintenant, coulait riche et vibrante des hautes fontaines de l'aurore. Le peuple animal autour de l'eau moirée de taches de soleil était plus dense, plus vrai.

Le désir qui m'avait amené jusque-là reprit toute sa force. Une petite fille ne pouvait pas m'en frustrer au dernier moment. Je fis un pas vers la clairière.

Patricia ne détourna pas la tête, mais dit :

— N'allez pas là-bas.

— Vous avertirez votre père et il m'éloignera du Parc ? demandai-je.

— Je ne suis pas une rapporteuse, dit Patricia. Elle me défia du regard. L'honneur de l'enfance était tout entier dans ses yeux.

— Alors vous avez peur pour moi ? demandai-je encore.

— Vous êtes bien assez grand pour prendre soin de vous-même et ce qui vous arrivera m'est bien égal, dit Patricia.

Comment une figure aussi lisse et fraîche était-elle capable de changer à ce point ? Et se montrer soudain indifférente jusqu'à la cruauté ? Ce que pouvaient me faire subir les sabots, les défenses, les cornes des bêtes importait peu à la petite fille. Elle m'aurait vu piétiné, éventré sans émoi.

— Mais alors, demandai-je, mais alors pourquoi me demandez-vous...

— Ce n'est pas difficile à comprendre, dit Patricia.

Ma lenteur d'esprit commençait à l'irriter. Des étincelles éclairaient ses grands yeux sombres.

— Vous devez bien voir, reprit-elle, combien les bêtes sont tranquilles et à l'aise l'une avec l'autre. C'est le temps le plus beau de leur journée.

Était-ce l'influence de l'heure ? Du paysage ? Un pouvoir singulier émanait de cette petite fille. Par instants, elle semblait posséder une certitude et connaître une vérité qui n'avaient rien à voir avec le nombre des années et les habitudes de la raison. Elle était comme en dehors et au-delà de la routine humaine.

— Je ne veux pas inquiéter les bêtes, lui dis-je. Mais seulement vivre un peu avec elles, comme elles.

Patricia m'évalua d'un regard attentif et soupçonneux.

— Vous les aimez vraiment ? me demanda-t-elle.

— Je le crois.

Les grands yeux sombres restèrent longtemps immobiles. Puis, sur ce visage sensible à l'extrême, un sourire confiant illumina tous les traits.

— Je le crois aussi, dit Patricia.

Il m'est difficile d'expliquer la joie que me firent éprouver ce sourire et cette réponse. Je demandai :

— Alors, je peux aller ?

— Non, dit Patricia.

Sur le cou long et tendre, la tête coiffée en boule appuya ce refus d'un mouvement très doux mais sans appel.

— Pourquoi ? dis-je.

Patricia ne répondit pas tout de suite. Elle continuait de me considérer en silence, pensivement. Et il y avait beaucoup d'amitié dans son regard. Mais c'était une amitié d'une nature particulière. Désintéressée, grave, pleine de mélancolie, apitoyée, impuissante à secourir.

J'avais déjà vu cette étrange expression. Où ? Je me souvins du tout petit singe et de la gazelle minuscule qui m'avaient rendu visite dans la hutte. La mystérieuse tristesse du regard animal, je la retrouvai chez Patricia, au fond des grands yeux sombres. Mais la petite fille, elle, pouvait parler.

— Les bêtes ne veulent pas de vous, dit enfin Patricia. Avec vous, elles ne peuvent pas s'amuser en paix, en liberté, comme elles en ont envie, comme elles en ont l'habitude.

— Mais je les aime, dis-je, et vous en êtes sûre.

— Ça ne fait rien, répliqua Patricia, les bêtes ne sont pas pour vous. Il faut savoir et vous ne savez pas… vous ne pouvez pas.

Elle chercha un instant à mieux se faire comprendre, haussa légèrement ses épaules minces, et dit encore :

— Vous venez de trop loin et il est trop tard.

Patricia s'appuya plus étroitement contre le grand épineux. A cause de son vêtement uniforme et gris, elle semblait appartenir à l'arbre.

La lumière s'infiltrait toujours davantage sous les buissons et les massifs de la brousse. Les sous-bois devenaient de légers réseaux d'or. De tous ces refuges sortaient de nouvelles familles sauvages qui s'en allaient vers l'eau et l'herbe.

Pour ne pas déranger les bêtes qui étaient déjà sur place, les dernières venues se répandaient aux confins de la clairière. Il y en avait qui s'avançaient jusqu'au rideau végétal derrière lequel je me tenais avec Patricia. Mais celles-là mêmes, je les savais maintenant plus interdites et inaccessibles pour moi que si leurs pâturages avaient été ces champs de neiges éternelles dont je voyais le Kilimandjaro couvert à la limite du ciel, du matin et du monde.

— Trop loin... trop tard..., avait dit la petite fille.

Je ne pouvais rien contre sa certitude parce que, disant cela, elle avait eu des yeux aussi doux que la petite gazelle et aussi sages que le petit singe.

Soudain, je sentis la main de Patricia sur la mienne et ne pus m'empêcher de tressaillir, car elle s'était approchée sans que rien, pas même le frémissement d'une brindille, m'eût averti de ce mouvement. Le sommet de ses cheveux m'arrivait au coude, et, mesurée à mon corps, elle était menue et chétive à l'extrême. Pourtant il y avait, dans les petits doigts gercés et rêches qui m'avaient pris le poignet, la volonté de protéger, de consoler. Et Patricia me dit, comme à un enfant que l'on veut récompenser d'une obéissance qui le rend malheureux :

— Peut-être je vous conduirai plus tard à un autre endroit. Là-bas, vous serez content, je vous le promets.

C'est alors seulement que je remarquai la façon singulière dont parlait Patricia. Jusque-là, son personnage et son comportement avaient tenu mon esprit dans une espèce de stupeur. Mais à présent, je m'apercevais que la petite fille usait de sa voix à la manière des gens qui n'ont pas le droit d'être entendus quand ils s'entretiennent entre eux : les prisonniers, les guetteurs, les trappeurs. Voix sans vibration, résonance ni timbre, voix neutre, clandestine, et en quelque sorte silencieuse.

Je sentis que, sans le savoir, j'avais imité Patricia dans cette économie de ton.

Je lui dis :

— On peut comprendre que les animaux les plus sauvages soient vos amis.

Les doigts puérils posés sur les miens frémirent de joie. La main de Patricia ne fut plus qu'une main de petite fille heureuse. Et le visage haussé vers moi, ravi et limpide, avec ses grands yeux sombres soudain éclaircis et illuminés, n'exprimait plus que la félicité d'un enfant qui vient d'entendre la louange la mieux faite pour lui plaire.

— Vous savez, dit Patricia (malgré l'animation qui colorait d'un ton rosé le hâle de ses joues, sa voix demeurait sourde et secrète), vous savez, mon père assure que je m'entends avec les bêtes mieux que lui. Et, ne vous y trompez pas, mon père a vécu toute sa vie auprès d'elles. Il les connaît toutes. Au Kenya et en Ouganda, au Tanganyika et en Rhodésie. Mais il dit que moi, c'est différent… Oui, différent.

Patricia hocha la tête, la frange de ses cheveux coupés court se souleva un peu et découvrit le haut du front plus tendre et plus blanc. Le regard de la petite fille tomba sur ma main dans laquelle reposait la sienne aux ongles cassés et cernés d'une ligne terreuse :

— Vous n'êtes pas un chasseur, dit Patricia.

— C'est exact, dis-je, mais comment le savez-vous ? Patricia rit silencieusement.

— Ici, dit-elle, on ne peut rien me cacher.

— Tout de même, dis-je, personne encore ne m'a parlé, personne encore ne m'a vu.

— Personne ? dit Patricia. Et Thaukou, le clerc de la réception, qui vous a inscrit sur son registre hier soir ? Et Matcha, le boy qui a porté vos bagages ? Et Awori, le balayeur qui s'occupe de la hutte ?

— Ces Noirs, dis-je, ne peuvent rien connaître de ce que je fais.

Sur les traits de Patricia reparut la malice enfantine qu'ils avaient déjà exprimée à l'instant où elle m'avait appris qu'elle était une fille.

— Et votre chauffeur ? demanda-t-elle. Vous ne pensez pas à votre chauffeur ?

— Quoi, Bogo ?

— Il vous connaît bien, dit Patricia. Est-ce qu'il ne conduit pas depuis deux mois dans tous les pays la voiture que vous avez louée à Nairobi ?

— Il n'a pu vous raconter grand-chose, dis-je. Il n'y a pas d'homme plus renfermé, plus avare de paroles.

— En anglais, peut-être, dit Patricia.

— Vous voulez dire...

— Bien sûr, je sais le kikouyou aussi bien que lui, expliqua Patricia, parce que ma première servante, quand j'étais très petite, était une Kikouyou. Et je sais aussi le swahili[1], parce que les indigènes de

1. Cet amalgame d'arabe et d'idiomes indigènes, imposé autrefois par les trafiquants d'esclaves, sert aujourd'hui de langue commune à toutes les tribus de l'Afrique Orientale.

toutes les races le comprennent. Et la langue des Wakamba parce que le pisteur préféré de mon père en est un. Et le masaï parce que les Masaï ont le droit de passage et de campement dans ce Parc.

Patricia continuait de sourire, mais ce sourire n'exprimait plus seulement la moquerie et un sentiment de supériorité. Il reflétait de nouveau la tranquille certitude et la faculté qui étaient les siennes de pouvoir communiquer avec les êtres les plus primitifs selon les lois de leur propre univers.

— Les Noirs d'ici viennent tout me raconter, reprit Patricia. Je suis au courant de leurs affaires beaucoup plus que mon père lui-même. Il connaît seulement le swahili, et encore, il prononce comme un Blanc. Et puis, il est sévère, c'est son métier. Moi, je ne rapporte jamais. Les employés, les gardes, les serviteurs le savent bien. Alors, ils parlent. Thaukou, le clerc, m'a dit que votre passeport était français et que vous habitez Paris. Le boy des bagages m'a dit que votre valise était très lourde à cause des livres. Le boy de la hutte m'a dit : « Le Blanc a refusé que je chauffe l'eau pour son bain et il n'a rien mangé avant de dormir tant il était fatigué. »

— Et je dormirais encore, dis-je, si un visiteur ne m'avait réveillé très tôt. Mais sans doute lui aussi était déjà venu vous renseigner.

Je parlai à Patricia du petit singe et de la petite gazelle.

— Ah ! oui, Nicolas et Cymbeline, dit Patricia.

Il y avait de la tendresse dans son regard, mais un peu dédaigneuse. Elle ajouta :

— Ils m'appartiennent. Seulement, ils se font caresser par tout le monde comme un chien ou un chat.

24

— Oh ! dis-je... Vraiment ?

Mais Patricia ne pouvait pas comprendre la peine qu'elle me faisait en ramenant à un rang banal et servile mes deux mystérieux émissaires de l'aube.

— Là-bas, ce n'est pas la même chose, dit la petite fille.

Elle avait tendu la main vers les bêtes rassemblées le long du pâturage et autour des réservoirs liquides que la montagne énorme dominait de ses nuages et de ses neiges. La main de Patricia frémissait et sa voix même, qu'elle gardait sans effort insonore et détimbrée, avait eu sinon un éclat, du moins un mouvement de passion.

— Ces bêtes ne sont à personne, reprit Patricia. Elles ne savent pas obéir. Même quand elles vous accueillent, elles restent libres. Pour jouer avec elles, vous devez connaître le vent, le soleil, les pâturages, le goût des herbes, les points d'eau. Et deviner leur humeur. Et prendre garde au temps des mariages, à la sécurité des petits. On doit se taire, s'amuser, courir, respirer comme elles.

— C'est votre père qui vous a enseigné tout cela ? demandai-je.

— Mon père ne sait pas la moitié de ce que je sais, répondit Patricia. Il n'a pas le temps. Il est trop vieux. J'ai appris seule, toute seule.

Patricia leva soudain les yeux vers moi et je découvris sur le petit visage hâlé, têtu et fier, un sentiment dont il semblait incapable : une hésitation presque humble.

— Est-ce que... dites-le-moi... vraiment... je ne vous ennuie pas si je continue à parler des bêtes ? demanda Patricia.

Voyant mon étonnement, elle ajouta très vite :

— Ma mère assure que les grandes personnes ne peuvent pas s'intéresser à mes histoires.

— Je voudrais passer la journée entière à les écouter, répondis-je.

— C'est vrai ! C'est vrai !

L'exaltation de Patricia me surprit jusqu'au malaise. Elle agrippa ma main avidement. Ses doigts brûlaient d'une fièvre subite. Ses ongles, dentelés par les cassures, entraient dans ma peau. De tels signes, pensai-je, n'exprimaient pas seulement la joie de contenter un penchant puéril. Ils montraient une profonde exigence et que l'enfant acceptait mal de voir toujours inassouvie. Se pouvait-il que Patricia fût déjà obligée de payer ses rêves et ses pouvoirs au prix, au poids de la solitude ?

La petite fille s'était mise à parler. Et, bien que sa voix demeurât étouffée et sans modulation, ou plutôt à cause de cela même, elle était comme un écho naturel de la brousse.

Elle tenait en équilibre, en suspens, le travail de la pensée et son effort impuissant à pénétrer l'énigme, la seule qui compte, de la création et de la créature. Elle envoûtait le trouble et l'inquiétude ainsi que le font les hautes herbes et les roseaux sauvages quand les souffles les plus silencieux tirent de leur sein un merveilleux murmure, toujours le même et toujours renouvelé.

Cette voix ne servait plus au commerce étroit et futile des hommes. Elle avait la faculté d'établir un contact, un échange entre leur misère, leur prison intérieure, et ce royaume de vérité, de liberté, d'innocence qui s'épanouissait dans le matin d'Afrique.

De quelles courses à travers la Réserve royale et de quelles veilles au fond des fourrés épineux, par quelle inépuisable vigilance et quelle intimité mystérieuse

Patricia avait-elle recueilli l'expérience dont elle me
faisait part ? Ces troupeaux interdits à tous étaient
devenus sa société familière. Elle en connaissait les
tribus, les clans, les personnages. Elle y avait ses
entrées, ses habitudes, ses ennemis, ses favoris.

Le buffle qui, devant nous, se roulait dans la vase
liquide avait un caractère infernal. Le vieil éléphant
aux défenses cassées aimait à s'amuser autant que le
plus jeune de la horde. Mais sa grande femelle, d'un
gris presque noir, celle qui en ce moment poussait de
la trompe ses petits vers l'eau, son goût de la
propreté devenait une manie.

Parmi les impalas qui portaient sur chacun de leurs
flancs dorés une flèche noire, et qui étaient les plus
gracieuses des antilopes, et les plus promptes à
l'effroi, Patricia montrait celles qui la recevaient sans
crainte. Et chez les tout petits bushbucks aux cornes
en vrille, et si courageux malgré leur fragilité, elle
était l'amie des plus batailleurs.

Dans les troupeaux de zèbres, il y en avait un,
disait-elle, qu'elle avait vu échapper à un incendie de
brousse. On le reconnaissait aux traces du feu,
semées entre les rayures noires comme des tâches de
rousseur.

Elle avait assisté à un combat de rhinocéros, et le
mâle énorme, immobile à quelques pas de nous, sa
corne dressée vers le ciel, comme un bloc de la
préhistoire, avait été le vainqueur. Mais il gardait
cette longue, profonde et affreuse cicatrice que l'on
découvrait soudain quand s'envolait de son dos
l'essaim tourbillonnant des blanches aigrettes qui lui
servaient d'oiseaux pilotes.

Et les girafes aussi avaient leur chronique, et les
grands gnous bossus, et les adultes, et les petits,
génération par génération.

Jeux, luttes, migrations, amours.

Quand je me souviens de ces récits, je m'aperçois que j'y apporte, quoi que je fasse, une méthode, une suite, une ordonnance. Mais Patricia, elle, parlait de tout ensemble à la fois. Les routines de la logique n'intervenaient pas dans ses propos. Elle se laissait porter par l'influence de l'instant, les associations les plus primitives, les inspirations des sens et de l'instinct. Comme le faisaient les êtres simples et beaux que nous avions sous les yeux et qui vivaient au-delà de l'angoisse des hommes, parce qu'ils ignoraient la vaine tentation de mesurer le temps et naissaient, existaient et mouraient sans avoir besoin de se demander pourquoi.

Ainsi s'ouvrait à ma connaissance, tel un sous-bois subitement infiltré de soleil, la profonde et limpide épaisseur de la vie animale.

Je voyais les gîtes nocturnes d'où l'aube avait tiré chacune de ces tribus et les lieux vers lesquels elles allaient se disperser après la trêve de l'eau. Et les plaines, les collines, les fourrés, les taillis, les savanes de la Réserve immense que j'avais traversée la veille, devenaient pour moi les territoires, les abris, les demeures, les patries de chaque espèce et de chaque famille.

Là bondissaient les impalas et là broutaient les buffles. Là galopaient les zèbres et là jouaient les éléphants.

Soudain il me vint à l'esprit que, dans ce peuple, un clan manquait, et sans doute le plus beau.

— Et les fauves ? demandai-je à Patricia.

Cette question ne la surprit point. On eût dit qu'elle l'attendait et dans l'instant même où je la faisais.

Je sentis à cela que nous étions arrivés à un degré d'entente où la différence d'âge ne comptait plus. L'intensité et la franchise d'un intérêt, d'un besoin communs avaient établi, par le truchement des bêtes sauvages, la complicité et l'égalité entre un enfant et un homme qui, depuis très longtemps, avait cessé de l'être.

La petite fille ferma les yeux. Un sourire uniquement destiné à elle-même, pareil à ceux que l'on voit aux très petits visages endormis, sourire clos, à peine ébauché, et pourtant nourri de bonheur mystérieux, illumina comme de l'intérieur les traits de Patricia. Puis elle releva ses paupières et m'accorda une part dans son sourire. C'était une espèce de promesse, de pacte très important.

— Je vous mènerai où il faut, dit Patricia.

— Quand ?

— Ne soyez pas si pressé, répondit doucement la petite fille. Avec toutes les bêtes, il faut beaucoup de patience. On doit prendre le temps.

— C'est que... Justement...

Je ne pus achever. La main de Patricia, que j'avais sentie jusque-là toute confiante dans la mienne, s'était retirée d'un mouvement brusque et brutal. Entre les grands yeux sombres, soudain dépouillés de toute expression, il y avait un pli pareil à une ride précoce.

— Vous voulez partir d'ici très vite, n'est-ce pas ? demanda Patricia.

Elle me regardait de telle manière que j'évitai de répondre nettement.

— Je ne sais trop..., dis-je.

— C'est un mensonge, dit Patricia. Vous savez très bien. Vous avez prévenu à la réception que vous quittez ce Parc demain.

Le pli entre les deux sourcils apparaissait davantage.

— Je l'avais oublié, dit la petite fille.

Ses lèvres étaient serrées, durcies, mais elle n'arrivait pas à maîtriser leur léger tremblement. Cela faisait mal à voir.

— Je m'excuse du temps perdu, dit encore Patricia.

Elle se détourna vers les bêtes paisibles. Je dis avec maladresse :

— Même si je m'en vais, nous sommes amis maintenant.

Patricia me fit face d'un seul élan violent et silencieux.

— Je n'ai pas d'amis, dit-elle. Vous êtes comme les autres.

Les autres... Les passants, les curieux, les indifférents. Les gens des grandes cités lointaines qui, de leur voiture, venaient voler un instant de la vie sauvage et s'en allaient.

Il me sembla voir la solitude refermer ses eaux mortes sur la petite fille.

— Je n'ai pas d'amis, répéta Patricia.

Sans faire craquer une brindille, elle se mit en marche, sortit du couvert des épineux, s'avança dans la clairière. Elle avait la tête un peu rentrée dans les épaules, et les épaules portées en avant.

Ensuite, la petite silhouette grise et coiffée en boule entra dans la tapisserie frémissante que les bêtes de la brousse formaient au pied du Kilimandjaro.

III

J'éprouvai une angoisse de solitude si féroce que, à sa première atteinte, je refusai d'y croire. Cette détresse était vraiment trop absurde. Elle ne pouvait pas avoir de vérité, de substance, de sens. Je possédais, moi, des amis, et fidèles, et sûrs et choisis, éprouvés au cours d'une vie déjà longue. J'allais bientôt leur conter mon voyage d'Afrique. Eux, ils me diraient les joies et les peines survenues en mon absence. Toutes mes habitudes m'attendaient dans une maison faite à mon humeur. Et mon travail aussi, qui suffisait à me donner un monde.

Mais c'est en vain que je rassemblai les appuis et les raisons de mon existence. Rien ne pouvait remplacer la plénitude merveilleuse que j'avais connue quelques instants plus tôt lorsque le peuple de la clairière semblait encore vouloir de moi. J'étais seul maintenant, et perdu, abandonné, refusé, rejeté sans espoir, sans issue jusqu'au dernier de mes jours.

Patricia m'avait laissé son tourment.

Patricia était chez les bêtes.

« Je dois la suivre, me dis-je. Il faut la protéger. »

Je n'essayai même pas. J'avais repris d'un seul coup la conscience de mon âge, le sentiment de la masse de mon corps, la mesure de mes mouvements malhabiles, ma condition d'homme civilisé.

Je raisonnais de nouveau.

Protéger Patricia ! Dans l'herbe glissante, le dédale liquide, parmi cette faune prompte, légère, silencieuse, aux sens aigus et farouches, pour y suivre une petite fille qui était, au milieu de la brousse et des bêtes, comme une ondine au fond des eaux ou un elfe dans les futaies.

Allons, il fallait revenir au bon sens.

Le chef de cette Réserve, le gardien des animaux sauvages et leur maître, était le père de Patricia. Les rêves éveillés de sa fille, c'était à lui d'en répondre. Ce n'était pas le fait d'un étranger, d'un passant.

Je tournai le dos à la clairière et m'éloignai vers le camp destiné aux visiteurs du Parc royal.

Il avait été conçu de manière à ne pas altérer le paysage. Masquées par de grands épineux, une dizaine de huttes rondes, grâce à leurs murs de boue crépis à la chaux et leurs toits pointus couverts de chaume, pouvaient passer pour un hameau indigène.

Il était désert : ce n'était pas la saison du tourisme. De plus, la terreur Mau-Mau hantait alors le Kenya.

Quand je revins au logis que j'avais pris la veille au hasard, le singe minuscule m'attendait sur la véranda. Il portait toujours son loup de satin noir et ses yeux, qui avaient gardé leur sagesse, leur tristesse, semblaient demander : « Eh bien, ne t'avais-je point prévenu ? »

Mais au lieu de se dissiper dans l'espace, comme il l'avait fait à l'aube, il sauta sur mon épaule.

Je me souvins du nom que lui avait donné Patricia, et dis à voix basse :

— Nicolas... Nicolas...

Il me gratta la nuque.

Je lui tendis une main ouverte. Il s'installa au creux de la paume. Son poids était celui d'une pelote de laine. On avait plaisir à caresser sa toison courte. Mais, apprivoisé à ce point et si vite, il ne pouvait plus être qu'un doux compagnon de chaîne pour l'homme dans sa prison.

Je le déposai sur la balustrade qui courait le long de la véranda et jetai, malgré moi, un regard vers la clairière. Là également les charmes s'épuisaient.

Le soleil déjà dur et brûlant dépouillait la terre de ses ombres, de ses reliefs, de ses couleurs. Tout devenait net et sec, plat et terne. Le monde avait perdu sa dimension de profondeur. Le brasier blanc des neiges s'était éteint sur le Kilimandjaro. Les troupeaux sauvages commençaient à s'amenuiser, à se disperser.

Où était, que faisait Patricia ?

J'entrai dans la hutte.

Elle contenait une salle à manger et une chambre à coucher, meublées de la façon la plus rudimentaire, mais parfaitement adaptée à la vie de camp. De cette habitation principale, un corridor à ciel ouvert et bordé de branchages me conduisait à une hutte plus petite. Là se trouvaient une cuisine et une salle de bains. L'eau chaude venait d'un cylindre de tôle, placé dehors et que supportaient des pierres plates. Sous le récipient brûlait un feu très vif entretenu par un serviteur noir. Ce même boy sans doute qui avait raconté à Patricia que j'avais refusé, la veille, ses soins.

« Patricia… Encore elle…, me dis-je. Il faut arrêter cette obsession et penser à mes affaires. »

J'avais, dans mes papiers, des lettres de recommandation. L'une, officielle, m'avait été donnée au Gouvernement général de Nairobi pour John Bullit, administrateur de la Réserve. L'autre, privée, était adressée à sa femme. Je la tenais d'une de ses amies de pension que j'avais rencontrée par hasard avant de quitter la France.

Devant la hutte, j'aperçus Bogo, mon chauffeur, venu prendre mes instructions. La livrée de toile grise ornée de grands boutons plats en métal blanc, qui était celle de l'agence pour laquelle il travaillait, pendait sur son torse très maigre. Sa figure sans âge, d'un noir terne, ressemblait — sous le crâne rasé de près et avec la peau toute ramassée en rides et en plis — à une tête de tortue.

En confiant mes lettres à Bogo, je songeai que cet homme taciturne à l'extrême, et qui se montrait par surcroît d'une réserve farouche envers les Blancs, avait pris Patricia pour confidente. Je fus sur le point de lui demander pourquoi. Mais je me rappelai à temps que, en deux mois de vie commune sur des pistes difficiles, je n'avais pas réussi une seule fois à établir avec Bogo un rapport qui ne touchât pas strictement à ses fonctions, où, d'ailleurs, il excellait.

Quand il fut parti, je regardai une fois de plus la clairière. Elle était vide. Je me sentis étrangement libre et m'aperçus que j'avais grand-soif, grand-faim.

Bogo avait déposé la caisse de provisions dans la cuisine. Mais le four à charbon de bois et les ustensiles pendus au mur ne me servaient à rien. Une Thermos remplie de thé, une autre de café, quelques bouteilles de bière, un flacon de whisky, des biscuits et des conserves, qu'avais-je besoin de plus pour un séjour aussi bref ?

Je déjeunai sur la véranda. Le petit singe et la petite gazelle vinrent me tenir compagnie. Il s'empara d'une figue sèche. Elle accepta un morceau de sucre. Le Kilimandjaro était couvert de nuées de chaleur. J'avais retrouvé la paix.

Bogo revint avec une enveloppe.

— De la part de la dame, dit-il.

Dans sa lettre, d'une écriture penchée, haute et mince, et rédigée en français, Sybil Bullit me demandait de venir la voir aussitôt que cela me serait possible. A l'instant même si je voulais bien.

IV

L'administrateur du Parc royal avait construit sa maison à une distance assez faible du camp des visiteurs. Mais de hautes futaies de brousse isolaient complètement le terre-plein taillé en forme d'amande où s'élevait ce bungalow couvert de chaume brun. Les murs étaient d'une telle blancheur que leur chaux semblait toute fraîche, et l'on eût dit que la peinture venait seulement de sécher sur les volets d'un vert très doux.

Ceux qui s'alignaient le long de la façade étaient clos lorsque je débouchai de la piste tracée à travers les épineux. Mais, de l'intérieur, on devait guetter anxieusement mon approche, car, avant même que j'eusse atteint la porte d'accès, elle s'ouvrit et une jeune femme grande et blonde, qui portait des lunettes noires, se montra sur le seuil. Sans me laisser le temps de la saluer, elle parla, en anglais, d'une voix pressée, confuse, un peu haletante, sans doute parce qu'elle voulait exprimer trop de choses à la fois.

— Je suis, dit-elle, navrée de vous avoir bousculé à ce point... Entrez, je vous prie... Je suis heureuse de vous voir sans plus de délai... Entrez vite... Et si

reconnaissante que vous ne m'ayez pas fait attendre... Entrez donc, le soleil est terrible...

Sybil Bullit avait élevé une main à la hauteur de ses
verres fumés et ne la laissa retomber que pour
pousser d'un mouvement impatient le battant de la
porte derrière nous.

Au sortir de la brousse et de son flamboiement, le
vestibule était très obscur. Je voyais à peine les traits
de la jeune femme et encore moins ceux du serviteur
noir qui venait d'accourir.

Sybil Bullit lui adressa quelques mots en swahili
avec irritation. Il nous laissa seuls.

— Venez, venez, me dit-elle, il fait si sombre ici.

Dans la pièce large et profonde qui servait de
salon, la clarté ne venait pas de la façade aveuglée
par les volets, mais des fenêtres qui donnaient sur
une cour intérieure, couverte en partie. La violence
de la lumière était encore atténuée par des rideaux en
coton épais d'un bleu sourd.

Le visage et le corps de la jeune femme s'apaisè-
rent aussitôt, comme si elle avait retrouvé un lieu
d'asile. Pourtant, elle n'enleva pas ses lunettes contre
le soleil.

— Je m'excuse de mon sans-gêne, dit Sybil Bullit
— sa voix était à présent d'un timbre vif et doux. Je
m'excuse vraiment. Mais si vous saviez ce que
représente pour moi Lise.

La jeune femme s'arrêta un instant et répéta,
visiblement pour elle seule, et pour la seule joie de
prononcer le nom :

— Lise... Lise Darbois.

Elle demanda soudain avec timidité :

— Est-ce que je prononce encore convenable-
ment ?

— Comme le ferait une Française, dis-je (et c'était

vrai). Cela ne m'étonne pas après avoir lu votre lettre.

Les joues mates de la jeune femme rougirent légèrement. A cause des verres fumés qui cachaient ses yeux, on ne pouvait pas savoir si ce mouvement du sang trahissait le plaisir ou l'embarras.

— J'ai espéré que cela vous ferait venir plus rapidement, dit Sybil.

Elle fit un pas vers moi et poursuivit :

— Mon Dieu ! Quand je pense qu'il y a deux mois à peine vous étiez avec Lise... Nous nous écrivons assez régulièrement, sans doute... Enfin moi, surtout... Mais c'est tellement autre chose, quelqu'un qui l'a vue, qui lui a parlé.

Elle eut un geste pour me prendre les mains, ne l'acheva pas et reprit :

— Racontez, racontez... Comment est-elle ? Qu'est-ce qu'elle fait ?

Je tâchai de me rappeler exactement les détails de ma première rencontre avec l'amie de Sybil Bullit que je connaissais très peu. Je ne retrouvai dans ma mémoire qu'une figure assez jolie, assez gaie, mais qui ressemblait à beaucoup d'autres, et un peu trop agitée et sûre d'elle-même. Par quels traits rares, par quelles vertus pouvait-elle susciter tant d'intérêt et d'exaltation ?

— Eh bien... Eh bien... ? demanda Sybil Bullit.

— Eh bien, dis-je, Lise continue à représenter en France une firme américaine de produits de beauté... Depuis son divorce, elle vit très librement avec un peintre... C'est lui que je connais surtout.

— Heureuse, naturellement ?

— Je ne sais trop, dis-je. On a l'impression qu'elle s'ennuie un peu, qu'elle tourne à vide, qu'elle envie parfois votre existence.

38

Sybil hocha lentement son visage aveuglé par les lunettes noires et dit lentement :

— Lise a été ma demoiselle d'honneur. Nous sommes venues au Kenya ensemble. Je me suis mariée dans la chapelle blanche entre Nairobi et Naïvâsha. Vous devez la connaître.

— Qui ne la connaît pas ! dis-je.

Ce tout petit sanctuaire au dessin doux et humble, des prisonniers de guerre italiens l'avaient construit dans leurs moments de loisirs, alors qu'ils travaillaient à la grande route. Le coin de brousse qu'ils avaient défriché pour servir d'emplacement à la chapelle donnait sur la vallée du Rift immense et sublime qui, à deux mille mètres plus bas, déployait ses vagues immobiles dont le flux commençait au cœur de la noire Afrique pour ne s'arrêter qu'aux sables du Sinaï.

— Vous avez beaucoup de chance, dis-je. Il n'est pas, je crois, au monde, un endroit plus beau.

Au lieu de me répondre, la jeune femme sourit avec toute la tendresse que peut inspirer le souvenir le plus exalté. Et comme si elle avait senti la nécessité de donner à ce sourire son expression entière, elle enleva ses lunettes noires d'un geste de somnambule.

Pourquoi donc dissimulait-elle ses yeux ? Larges, légèrement effilés vers les tempes, d'un gris sombre semé de paillettes plus claires, ils étaient la seule vraie beauté de Sybil, du moins lorsqu'une émotion violente les faisait briller comme en cet instant.

Et à cause de leur éclat, de leur fraîcheur, de leur innocence, je vis soudain combien, par contre, le visage de cette jeune femme avait été prématurément déserté par la jeunesse. Sa peau blême et fade, le soleil d'Afrique lui-même n'avait pas réussi à la dorer. Les cheveux étaient sans vie. Des rides profondes et sèches flétrissaient le front, coupaient les pommettes, hachaient les commissures des lèvres.

Il semblait que cette figure servît à deux femmes différentes. L'une disposait des yeux. L'autre de tout le reste.

Lise Darbois n'avait pas trente ans. Était-il possible que le visage exsangue et usé que j'avais devant moi appartînt au même temps de l'existence ?

Sybil me donna elle-même la réponse sans le savoir :

— Lise et moi, nous avons le même âge à quelques semaines près, dit-elle. Et nous avons passé cinq ans de suite sans nous quitter dans une pension près de Lausanne. La guerre nous y avait surprises toutes les deux. Ses parents, qui habitaient Paris, et mon père qui servait aux Indes ont préféré nous laisser là pendant les mauvais jours.

Sybil rit avec jeunesse, avec tendresse et poursuivit :

— Lise vous a dit tout cela, j'en suis sûre. Mais ce qu'elle n'a pu faire, c'est vous raconter combien elle était jolie dès alors et comment, déjà, elle savait s'habiller, arranger ses cheveux mieux que toutes les autres filles. Une vraie Parisienne à quinze ans !

Souvenir par souvenir, détail par détail, Sybil Bullit me fit le récit de cette époque. Je compris alors qu'elle m'avait appelé, avec tant d'impatience, beaucoup moins pour m'entendre que pour me parler.

J'appris ainsi que le père de Sybil avait été nommé, vers la fin de la guerre, à un poste important au Kenya et que Sybil, en venant le retrouver, avait supplié Lise Darbois de l'accompagner. Elle avait connu Bullit dès son arrivée et cette rencontre les avait conduits, un matin, jusqu'à la petite chapelle blanche qui surplombait la vallée du Rift, immense et sublime.

— Lise est repartie presque tout de suite, acheva Sybil, et peu après mon père a été rappelé par le ministère des Colonies à Londres où il est mort sans que je l'aie revu.

Elle se tut. J'aurais dû prendre congé. Sybil avait reçu et même épuisé tout ce qu'elle attendait de moi, et il était temps que je commence à visiter la Réserve. Je restai pourtant, sans très bien savoir ce qui me retenait.

— Votre mari n'est pas là ? demandai-je.

— Il sort toujours bien avant que je ne me réveille et ne rentre jamais à heures fixes, dit Sybil (elle eut un geste vague). Quand ses bêtes lui laissent le temps.

Le silence fut de nouveau entre nous, et qui donna toute sa valeur à l'influence de la pièce où nous étions. Chaque teinte, chaque objet concourait à un sentiment de sécurité, de douceur : les murs aux tons de miel, la lumière atténuée, les nattes claires sur le sol, les gravures aux cadres anciens et les branches chargées de grandes fleurs épanouies dans des vases de cuivre. Le goût et le soin le plus attentifs se montraient en toute chose. J'en fis compliment à Sybil. Elle dit à mi-voix :

— J'essaie de faire oublier qu'il n'y a pas une ville à trois cents kilomètres d'ici et qu'on trouve à la porte de cette maison les bêtes les plus dangereuses.

Les yeux de la jeune femme allaient d'objet en objet comme d'ami en ami. Quelques-uns étaient très beaux.

— Les parents de mon mari les ont amenés avec eux en Afrique lorsqu'ils sont venus se fixer dans le pays au début du siècle, dit Sybil. Ses meubles étaient dans la famille.

Sybil fit une pause, comme par hasard, pour ajouter avec une feinte négligence :

— Une très vieille famille... La branche aînée a le titre de baronet depuis le temps des Tudors.

Un instant, le visage de la jeune femme porta l'expression qui pouvait le plus mal s'accorder à ses traits et à sa vie présente : une satisfaction vaine, bourgeoise. Était-ce un mouvement profond de sa nature ? Ou seulement un moyen de défense intérieure comme les meubles, les étoffes ?

Elle caressa machinalement un fauteuil minuscule en bois des îles, sorte de jouet ravissant façonné au XVIIIe siècle par quelque artisan de génie.

— Mon mari s'est assis là quand il était un tout petit enfant, et son père, et le père de son père, dit Sybil. Et je l'ai vu servir à ma fille.

— Patricia ! m'écriai-je.

Et je sus pourquoi j'étais resté.

— Vous connaissez son nom ? demanda Sybil. Ah ! oui. Naturellement !... Par Lise !

Ce n'était pas vrai. Je pensai un instant à dire comment j'avais rencontré Patricia. Mais un réflexe obscur m'inspira de préférer les commodités du mensonge que Sybil m'offrait elle-même.

— Savez-vous ce que je rêve pour Patricia ? reprit vivement la jeune femme. Je voudrais qu'elle aille faire son éducation en France et qu'elle y prenne le goût de s'habiller, de s'arranger, de se tenir comme si elle était née à Paris. Comme Lise savait le faire.

Dans les yeux de Sybil brillaient de nouveau la foi et l'éclat de l'enfance. Soudain elle s'arrêta de parler, tressaillit et d'un mouvement que, assurément, elle ne remarqua pas, tellement il avait été rapide et instinctif, remit ses lunettes aux verres fumés.

Le Noir que je vis alors au milieu du salon sans que le bruit le plus léger eût précédé son approche, était âgé, ridé, borgne, vêtu d'une culotte de toile brune et d'une chemise déchirée. On ne pouvait juger de sa taille véritable car il se tenait plié, cassé sur des hanches difformes.

Il prononça quelques mots en swahili et s'en alla.

— Kihoro est un Wakamba, me dit la jeune femme à voix basse et lasse. Il a longtemps servi mon mari comme guide et traqueur. Il ne peut pas être garde dans le Parc. Vous avez vu comme les bêtes l'ont mutilé. Alors il s'occupe de Patricia. Il a vu naître la petite. Elle l'aime beaucoup. Il m'a averti qu'il vient de lui porter son petit déjeuner.

— Elle est ici en ce moment ? demandai-je.

— Elle se réveille, dit Sybil.

— Comment… Mais…

Je m'arrêtai juste à temps pour qu'il fût possible à la jeune femme d'interpréter mon étonnement à sa manière.

— C'est un peu tard, je le sais bien, dit-elle. Mais Patricia court tellement toute la journée. Elle a besoin de dormir beaucoup.

Sybil me regarda un instant à travers les lunettes noires et acheva :

— Je vais la chercher. Ainsi vous pourrez parler d'elle à Lise.

J'allai à l'une des fenêtres, du côté où les volets n'étaient pas rabattus, écartai les rideaux. La fenêtre donnait sur un grand patio autour duquel étaient disposées les chambres d'habitation. Une galerie rudimentaire et couverte de chaume courait le long des murs. Sybil la suivit un instant sans accorder un regard aux flamboyants, aux jacarandas, aux averses d'or qui éclataient en buissons d'écarlate, d'azur et de feu aux quatre coins de la cour intérieure. Mais au lieu d'entrer tout de suite dans la chambre de Patricia et malgré l'aversion maladive qu'elle avait du soleil, la jeune femme gagna le centre de l'espace découvert que rien ne protégeait contre la violence de la chaleur et de la lumière. Là, elle s'arrêta devant un carré de minces plates-bandes dont le terreau, sans doute, venait de loin et sur lequel, irrigués par de petites rigoles amenées du dehors, poussaient, pauvres, fragiles, décolorés, des zinnias, des pétunias, des œillets.

Sybil se pencha vers les fleurs d'Europe, redressa une tige, assouplit une corolle. Ce n'était pas un tendre soin qui inspirait surtout ses mouvements. Il y avait dans leur inflexion une sorte d'appel, de prière. Était-ce uniquement contre la solitude ?

Je fus arraché à ces pensées par le bruit d'une voiture lancée très vite et arrêtée d'un coup de frein brutal devant la maison, du côté où les volets rabattus aveuglaient le mur.

V

Le crissement des roues contre le sol rêche vibrait encore que le conducteur de la voiture pénétrait déjà dans le salon. Visiblement, il ne s'attendait pas à m'y trouver. Mais dès qu'il m'eut aperçu, la taille et le volume pourtant considérables de son corps ne lui furent d'aucune gêne pour rompre et suspendre d'un seul coup l'étonnante vivacité de son élan. Il le fit avec l'aisance et la justesse des professionel de l'équilibre musculaire, danseurs, boxeurs, acrobates.

Il avait à la main un *kiboko,* long fouet en peau de rhinocéros.

— Soyez le bienvenu, dit-il d'une voix qui malgré sa raucité avait un ton net et franc. Je suis John Bullit, l'administrateur de ce Parc royal.

Je voulus me présenter, mais il poursuivit :

— Je sais, je sais... Votre nom est sur le registre des entrées. Et comme vous êtes notre seul client...

Il n'acheva pas sa phrase et demanda :

— Whisky ?

Sans attendre de réponse, Bullit jeta son *kiboko* sur une chaise et alla vers le coffret à liqueurs placé au fond de la pièce.

Il était d'une beauté vraiment exceptionnelle dans l'ordre de la plénitude et de la puissance. Très grand, très long de jambes, son ossature massive se trouvait enrobée d'une chair qui, pour être dense, épaisse et même pesante, n'embarrassait en rien la vitesse et la souplesse de ses mouvements. Cette substance ferme et active était simplement une source de vitalité, une réserve de force. Et le soleil qui l'avait cuit et recuit jusqu'à lui donner un teint de bois brûlé n'avait pu entamer sa surface.

Son vêtement découvrait plus qu'il n'habillait la peau lisse, élastique. Un vieux short s'arrêtait bien au-dessus des genoux, les manches de la vieille chemise bien au-dessus des coudes. Ouverte de la gorge à la ceinture, elle dénudait le poitrail.

— A votre santé, dit Bullit.

Avant de boire, il approcha le verre de son nez légèrement camus et respira l'odeur du whisky.

Ses narines bien dessinées se dilataient et se contractaient rapidement. La mâchoire carrée avançait un peu et avec elle la lèvre inférieure, vigoureuse et vermeille. Les cheveux drus, emmêlés, crêtaient d'une broussaille rousse, presque rouge, le front bombé, les joues pleines et dures. C'était, plutôt qu'un visage, un masque, un mufle. Mais, par son relief, sa densité, son expression, il exerçait un pouvoir, un attrait singuliers.

— Je n'ai pas eu le temps de m'occuper de vous ce matin, excusez-moi, me dit Bullit entre deux gorgées d'alcool. Il faisait encore nuit quand j'ai quitté la maison. C'était urgent. On m'avait signalé deux Noirs suspects dans le coin le plus perdu de ce Parc. Et il y a souvent des braconniers par là... Vous comprenez, l'ivoire des défenses fait encore de bons prix et la corne de rhinocéros, une fois pilée, vaut très cher en Extrême-Orient comme aphrodisiaque. Ces maudits trafiquants hindous implantés ici servent d'intermédiaires. Alors, il y a toujours des salopards,

Wakamba, Kipsigui ou autres, qui, avec leurs flèches empoisonnées, essaient de tuer mes éléphants, mes rhinos.

— Vous les avez surpris ? demandai-je.

— Non, fausse alerte, dit Bullit. (Il regarda avec regret le fouet terrible dont il s'était débarrassé en rentrant.) Il y avait bien des Noirs, mais c'étaient des Masaï.

Dans la voix enrouée de Bullit, je reconnus l'inflexion singulière de respect que j'avais décelée chez tous les Anglais du Kenya quand ils m'avaient parlé de cette tribu guerrière.

— Les Masaï, reprit Bullit, ne vendent et n'achètent rien. Ils ont beau être noirs, il y a du seigneur en eux.

Il eut un rire bref et rauque et reprit :

— Mais, tout seigneurs qu'ils soient, il ne faut pas qu'ils s'excitent sur mes lions.

Il est des hommes, lorsqu'on les aborde, avec lesquels les approches, les temps morts qu'exigent à l'ordinaire les règles de politesse, n'ont pas de sens, parce que ces hommes vivent en dehors de toute convention dans leur propre univers et qu'ils vous y attirent aussitôt. Je dis à Bullit :

— *Vos* lions, *vos* rhinocéros, *vos* éléphants... Les animaux sauvages semblent pour vous un bien personnel.

— Ils appartiennent à la Couronne, répliqua Bullit. Et je la représente ici.

— Je ne pense pas, dis-je, que ce soit chez vous seulement un effet du devoir.

Bullit reposa brusquement son verre à moitié plein et se mit à marcher à travers la pièce. Il allait à grands pas. Pourtant, son corps si vaste, haut et lourd, n'effleurait pas un meuble. Et sous ses bottes de chasse, le plancher ne faisait aucun bruit. Quand il eut parcouru plusieurs fois le salon et tout en continuant son va-et-vient silencieux, il dit :

— Après les Masaï, j'ai fait un tour de deux heures dans la brousse pour répandre du sel dans les endroits où les bêtes vont souvent. Elles ont du goût pour le sel. Ça les fortifie. Vous me direz que ce n'est pas mon seul devoir qui me pousse à leur en donner.

Bullit marchait plus vite de son grand pas juste, élastique et muet à travers la pièce encombrée.

— Et les barrages de terre que je construis, et les rigoles que je fais creuser pour qu'il y ait partout et en toute saison des abreuvoirs, ce n'est pas davantage, l'obligation de mon poste. Et je vide sans pitié les visiteurs quand, avec les trompes de leurs voitures, ils empêchent les bêtes de se sentir chez elles.

Bullit arrêta brusquement la lancée de son corps avec cette facilité que je lui avait déjà vue. Il était alors près de moi et grondait :

— Les bêtes, ici, ont tous les droits. Je les veux tranquilles. A l'abri du besoin. Protégées des hommes. Heureuses. Et dans la mesure de mes forces, il en sera ainsi, vous m'entendez.

Je contemplai avec malaise les yeux agrandis qui ne cillaient point. Pourquoi cet éclat si brusque et si brutal ? Il était impossible que j'en fusse l'objet véritable. Mon innocent propos n'avait servi que de prétexte, d'occasion à une crise longuement mûrie. A quoi, à qui s'adressaient à travers ma personne cette fureur et ce tourment ?

Le regard de Bullit perdit soudain toute sa violence. Il redressa la tête, ce qui porta sa mâchoire carrée au niveau de mon front. Puis il reprit son verre et le vida d'un coup. J'entendis alors l'approche légère qu'il avait perçue avant moi. Quand Sybil entra, le visage de son mari était paisible.

VI

Ils allèrent l'un à l'autre d'un mouvement si simple qu'il ne semblait pas relever de leur volonté, ni même de leur conscience. Quand ils se furent rejoints au milieu de la pièce, Bullit posa l'une de ses mains puissantes sur l'épaule de Sybil qu'elle couvrit entièrement et attira vers lui la jeune femme. De l'autre main, il dégagea avec une douceur surprenante les yeux de leurs lunettes. Puis le mufle roux approcha le pâle visage et lui baisa les paupières. Le corps de Sybil se relâcha d'un seul coup et s'infléchit pour se lier et comme se fondre à la masse de chair et de muscles qui l'appelait. Cette effusion fut si rapide et d'une telle décence que je n'éprouvai aucun scrupule, aucune gêne à y assister. Les gestes de Sybil et de Bullit, par leur naturel, leur qualité, les plaçaient à l'abri et au-delà de l'indiscrétion.

Deux époux que leurs tâches différentes avaient séparés au sortir de la nuit se retrouvaient, s'embrassaient. Rien de plus. Qu'y avait-il à cacher ? Mais ce que l'amour peut apporter à deux êtres, une fois et pour toujours, en tendresse, en intégrité et en certitude, tout ce qu'un homme et une femme peuvent souhaiter et obtenir l'un de l'autre pour endormir leurs plus profondes angoisses et servir l'un à l'autre de complément prédestiné, je le voyais inscrit de la façon la plus pure et la moins discutable dans les mouvements et les visages de Sybil et de son mari.

Je me souvins de la petite chapelle blanche dressée dans la brousse à l'endroit où l'on découvre le mieux l'auguste et sauvage vallée du Rift. Bullit y avait épousé Sybil. La naïve solennité, la foi absolue, la merveilleuse solitude à deux qui alors avaient été leur bien, je les imaginais maintenant sans peine. De cela — il y avait dix ans. Mais pour eux, entre eux, rien n'était changé. Et il en serait ainsi jusqu'à la fin de leurs jours communs, tant qu'un battement de vie animerait cette figure exsangue et cette large face presque animale sous la toison des cheveux roux.

Quelques secondes suffirent à nouer et dénouer ce parfait échange d'abandon et de protection. Bullit et Sybil se séparèrent presque en même temps qu'ils s'étaient embrassés. Mais il fallut que le regard de Sybil rencontrât le mien pour qu'elle se rendît compte que j'étais là. Ses yeux si beaux perdirent alors leur lumière, leur bonheur. Elle rabattit sur eux les lunettes noires par ce mouvement d'automate que je connaissais déjà si bien. Ses joues soudain plus creuses furent parcourues d'un frémissement. Ses nerfs étaient de nouveau tendus à l'extrême. Pourtant, ce que Sybil avait à m'apprendre n'avait rien, en apparence, qui pût justifier un tel changement.

— Je suis navrée, dit la jeune femme. Je n'ai pas pu décider Patricia à venir. Il faut l'excuser. Elle n'a pas l'usage de la société.

Bullit n'avait pas bougé. Ses larges traits gardaient leur expression sereine. Mais il était devenu, je le vis à son regard, singulièrement attentif. Et il me sembla percevoir ces effluves indéfinissables, cette sorte de rétrécissement de l'atmosphère par où l'étranger devine de temps à autre qu'un vieux désaccord, tenace et secret, met à l'épreuve une fois encore des êtres qui vivent ensemble et s'aiment depuis longtemps.

— Il est tout naturel, dis-je en riant, pour une petite fille du Kilimandjaro, de ne pas se précipiter vers les gens tels que moi et qui débarquent d'un monde dont elle n'a que faire.

La gratitude qui se peignit sur les traits de Bullit fut aussi vive que l'avait été son étrange colère quelques instants plus tôt et tout aussi dénuée, semblait-il, de fondement et de mesure.

— Bien sûr, c'est tout naturel, dit-il très doucement.

— Mais dans ce cas, John, s'écria Sybil (et sa lèvre inférieure tremblait un peu), plus ira le temps et plus Patricia, si elle continue à vivre ici, va devenir sauvage, impossible. Il faut faire quelque chose.

Bullit dit plus doucement encore :

— Nous avons essayé, chérie, vous vous en souvenez bien. La pension a rendu la petite malade.

— Elle avait deux ans de moins, répliqua Sybil. Aujourd'hui ce n'est plus la même chose. Nous devons penser à l'avenir de cette enfant.

Des taches d'un rouge fiévreux étaient venues aux pommettes de la jeune femme. Elle me prit brusquement à témoin :

— Ne croyez-vous pas, me demanda-t-elle, que Patricia sera la première à nous reprocher un jour sa mauvaise éducation ?

Bullit ne disait rien, mais il ne me quittait pas de ses yeux trop pâles, striés de fibrilles empourprées (le soleil ? l'alcool ?) et son regard nourri de toute la force dont il était capable voulait une réponse contraire à celle que demandait sa femme. Chacun d'eux, et selon sa nature cherchait en moi un allié dans un débat essentiel dont l'objet était le destin d'une petite fille en salopette grise, la petite fille de l'aurore et des bêtes sauvages.

Quel parti pouvait prendre un passant ?

Je pensai à Patricia, à ses cheveux coupés en boule. Ce souvenir, et lui seul, dont les parents de la petite fille ne pouvaient pas connaître l'influence, me décida. Je dis, sur le ton de la plaisanterie et comme quelqu'un à qui le sens véritable de la discussion eût échappé :

— Sans doute parce que je n'ai pas d'enfants, je suis toujours de leur côté. Comptez-moi dans le camp de Patricia.

Il y eut un très court silence. Sybil se força à sourire et me dit :

— Pardonnez-nous de vous mêler à nos soucis de famille. Vous n'êtes pas venu jusqu'ici pour cela.

— En vérité, dit Bullit.

Il souriait également, mais ainsi que l'aurait fait un homme qui retrouve soudain, après de longues années, un vieux camarade.

— Je vous montrerai des choses dans ce Parc... des choses que bien peu de gens ont vues, poursuivit-il en élevant à demi sa main redoutable comme pour m'assener une tape sur l'épaule.

Mais il considéra sa femme qui semblait très loin de nous et ajouta presque timidement :

— En l'honneur de notre hôte, vous pourriez venir aussi, pour une fois, chérie. Comme dans le bon vieux temps. Cela vous ferait du bien.

Au lieu de lui répondre, Sybil me demanda :

— Mon Dieu ! Que va penser Lise quand elle saura que vous n'avez pas vu Patricia ?

— Lise ? dit Bullit. Pourquoi Lise ?

— Notre hôte est son ami, dit Sybil. Je n'ai pas eu le temps de vous le raconter. Il avait une lettre de

Lise pour moi et figurez-vous qu'il reverra Lise bientôt.

Chaque fois que Sybil répétait ce nom, sa voix se faisait plus vive et sa figure plus jeune. En même temps, les traits de Bullit se contractaient, se fermaient davantage. Il ne restait plus rien sur eux de l'amitié qu'il venait de me montrer.

— Quand partez-vous ? me demanda Sybil.

— Demain, répondit Bullit à ma place et presque brutalement. D'après le registre.

— Demain ? s'écria Sybil. Déjà.. Mais alors, je dois tout de suite commencer une lettre pour Lise. J'ai tant de choses à lui confier. Vous savez, je la sens plus vraie, plus près depuis que je vous ai vu.

Bullit alla se verser du whisky.

— Je ne vous ai même pas reçu d'une façon convenable, reprit Sybil. Vous devez revenir ici ce soir prendre un bon thé. Vous n'aurez d'ailleurs rien d'autre à faire. John a interdit qu'on roule dans le Parc, le jour tombé. N'est-ce pas, John ?

— Les phares aveuglent les bêtes, grommela Bullit.

— Je viendrai avec joie, dis-je à Sybil. Pour votre lettre, rien ne presse. Mon chauffeur pourra la prendre demain, avant notre départ.

Bullit me considéra un instant à travers l'alcool qui emplissait son verre.

— Aurez-vous la bonté de m'expliquer, demanda-t-il brusquement, pourquoi ce chauffeur a passé la nuit dans sa voiture alors qu'il avait un lit à sa disposition dans la case des serviteurs du camp ? Ce gentleman de Nairobi répugne peut-être à coucher sous le même toit que les pauvres Noirs de la brousse ?

— Il ne s'agit pas de cela, dis-je. Nous avons fait, Bogo et moi, un long circuit jusqu'au lac Kivou. Les hôtels refusaient de loger les Noirs, sinon dans les chenils. Bogo s'est habitué à dormir dans la voiture. C'est un homme très simple, mais il a le sens de la dignité.

— Dignité, répéta Bullit entre ses dents. Dignité.

Son regard se posa sur la longue lanière en cuir de rhinocéros qui pendait au bras d'un fauteuil, puis revint scruter le fond de son verre.

— Je suis né en Rhodésie, dit-il soudain. Mon père y administrait un très grand district. J'avais quatorze ans quand j'ai fait mon premier safari avec un garçon de mon âge. Un jour, dans une brousse à lions, mais où la chasse était interdite, nous avons vu remuer un fourré. Défense ou pas défense, nous tirons. L'un de nous a touché. Mais c'était un Noir, tué raide. Nous sommes allés prévenir le chef du village le plus proche. Un vieux Nègre. (Bullit leva un instant les yeux sur moi.) Très digne. Il nous a dit : « Vous avez eu de la chance que ça n'ait pas été un lion. Votre père ne vous l'aurait pas pardonné. » C'était vrai. Mon père avait la loi dans le sang.

— John, pourquoi racontez-vous des histoires pareilles ! dit Sybil à mi-voix. Vous savez que je les ai en horreur. Et puis vraiment, elles peuvent vous faire prendre pour un sauvage.

Bullit acheva son verre sans répondre, alla prendre le *kiboko* et me dit sans me regarder :

— Excusez-moi, j'ai du travail. Pour la visite du Parc, je vous enverrai un garde.

Il s'étira les bras en croix, et la pièce, du coup, devint plus étroite.

— John, dit rapidement Sybil, promettez-moi que vous obtiendrez de Patricia qu'elle ne fasse pas de manières et qu'elle soit là pour le thé. Il faut tout de même que notre hôte puisse parler d'elle à Lise.

L'énorme main qui tenait le fouet en peau de

rhinocéros se crispa sur le manche. Puis elle se détendit et Bullit approcha son mufle du visage maladif pour dire avec la tendresse la plus profonde :

— C'est promis, chérie.

Il effleura des lèvres les cheveux de sa femme. Elle se pressa contre lui et il la reçut sur sa poitrine ainsi qu'il l'avait déjà fait et avec le même amour.

VII

Je quittai Sybil peu après. Elle ne chercha pas à me retenir. Elle pensait à sa lettre, à sa réception.

En sortant du bungalow, je fus obligé de m'arrêter, ébloui, étourdi par l'assaut de la chaleur et de la lumière. Bullit se tenait tête nue près de sa voiture, une Land Rover tout terrain, et donnait des ordres à Kihoro, son ancien traqueur, le Noir borgne, déhanché et couturé de cicatrices. Bullit feignit de ne pas me voir. Mais Kihoro, de son œil unique, me jeta un regard prompt et perçant et se mit à parler très vite à son maître. Je me détournai et pris la direction de ma hutte.

Au moment où, arrivé à la limite de la clairière, j'allais m'engager dans le taillis qui la bordait, une grande ombre à forme humaine se projeta soudain à côté de la mienne. Je m'arrêtai. Bullit se dressa près de moi.

J'éprouvai une singulière et subite sensation de fraîcheur : ce corps était si grand, si large, qu'il m'abritait du soleil. Mais en même temps, je fus pris d'inquiétude. Pourquoi Bullit m'avait-il suivi et rejoint de cette marche silencieuse qui surprenait chaque fois ? Que voulait-il encore ?

Les yeux de Bullit, sans doute pour éviter mon

regard, contemplaient les arbres épineux au-dessus de ma tête. Ses bras pendaient immobiles le long des flancs, mais le bout des doigts aux ongles larges courts et coupés ras, remuaient nerveusement sur ses cuisses bronzées. Il semblait mal à l'aise. Il dit en toussotant :

— Si vous le voulez bien, nous ferons le chemin ensemble. Je vais du côté de votre camp, au village nègre.

Il marchait en batteur de brousse : un peu incliné vers l'avant, à foulées nonchalantes et rapides. J'avais peine à le suivre. Nous fûmes vite au cœur du taillis. Alors Bullit pivota sur lui-même, barra le sentier mince. Ses poings étaient serrés à hauteur de ses hanches. Ses yeux aux fibrilles rouges m'étudiaient fixement. Entre les cheveux et les sourcils roux, hérissés, des rides profondes creusaient le front. L'idée me vint qu'il allait se jeter sur moi et m'abattre d'un coup. C'était assurément une idée folle. Mais je commençais à trouver que Bullit se conduisait comme un fou. Il fallait rompre entre nous le silence de la terre, de la chaleur, des arbres.

— De quoi s'agit-il ? demandai-je.

Bullit dit à mi-voix, lentement :

— Vous étiez ce matin tout près du grand abreuvoir.

Je me trouvais en face d'un homme d'une puissance physique dangereuse et dont je n'arrivais pas à comprendre, à prévoir les impulsions. Pourtant, mon premier réflexe fut de penser à Patricia et qu'elle m'avait trahi. J'en éprouvai une peine si vive que je demandai malgré moi :

— Votre fille m'a donc livré au bourreau...

— Je ne l'ai pas vue depuis hier, répliqua Bullit en haussant les épaules.

— Mais vous savez tout de même que je me trouvais avec elle là où je n'en avais pas le droit.

— C'est bien de quoi je tiens à vous parler, dit Bullit.

Il hésita. Les plis, sous la broussaille rouge de la chevelure, se firent plus épais. Il grommela :

— Je ne sais pas comment vous présenter l'affaire.

— Écoutez, lui dis-je. En toute conscience, je ne savais pas que l'endroit était interdit aux visiteurs. Mais si vous estimez que votre devoir est de m'expulser, eh bien, je partirai dans une heure au lieu de partir demain, voilà tout.

Bullit hocha la tête et sourit d'un sourire à peine dessiné, timide, qui donnait à son mufle un charme singulier.

— Même si j'avais envie de vous vider, comment le pourrais-je ? dit-il. Sybil est déjà toute à son grand thé. Elle n'a pas beaucoup d'occasions comme celle-ci, la pauvre âme.

Et brusquement libéré de tout embarras, Bullit me dit avec la simplicité haute et franche qui était enfin celle de sa stature et de son visage :

— Je vous remercie... Je vous remercie vraiment de n'avoir pas raconté à ma femme que vous avez vu Patricia à l'aube là où vous l'avez vue.

Bullit passa le revers de sa main sur son visage mouillé. Je l'avais vu revenir d'une longue course en plein soleil sans une goutte de sueur. Et nous étions à l'ombre d'épineux immenses. Je ne savais que répondre.

A quelques mètres de nous, une impala traversa d'un bond le sentier. Quelques oiseaux s'envolèrent des sous-bois. On entendait jacasser les singes.

— Si ma femme apprenait ce que Pat fait chaque matin, reprit Bullit, eh bien..

Il chercha ses mots, s'essuya de nouveau le front et acheva sourdement :

— Cela rendrait les choses très difficiles pour tout le monde.

Il tritura un instant sa toison rêche et rousse tout en déplaçant le poids de son torse d'une jambe sur l'autre.

— Ce que je voudrais comprendre, dit Bullit sans me regarder, c'est votre silence. Vous n'étiez au courant de rien. Est-ce que Sybil vous a fait des confidences qui vous ont mis en garde ?

— Pas du tout, dis-je. Et je ne suis pas très sûr moi-même du sentiment qui m'a empêché de parler. La vérité, je crois, est que ma rencontre avec votre fille m'a semblé être un secret entre nous deux.

— Mais, pourquoi ?

— Pourquoi ?

Je m'arrêtai par crainte du ridicule. Et puis — sans doute à cause de l'odeur et des craquements de la brousse et parce qu'il y avait sur le masque de Bullit quelque chose de la simplicité animale —, je me décidai. Je dis à Bullit l'instinct qui m'avait poussé vers les bêtes sauvages, merveilleusement assemblées au pied du Kilimandjaro et combien je désirais leur amitié pour moi impossible et comment la petite fille en salopette grise m'avait donné pour quelques instants l'accès de ce royaume.

Au commencement, encore gêné par cette sorte de confession, je tenais les yeux fixés sur le sol couvert d'herbes sèches et de ronces, et je ne voyais de Bullit que ses jambes couleur d'argile foncée, hautes et fermes comme des colonnes. Cependant, l'intensité de son attention que je percevais dans la profonde cadence de son souffle m'affranchit de ma gêne. C'est en le regardant que je continuai de parler. Il m'écouta sans qu'un muscle bougeât sur sa figure, mais le regard exprimait un bonheur incrédule. Lorsque j'eus achevé, il dit lentement, péniblement :

— Donc... vous aussi... vous pensez... vous, un homme des villes... qu'il y a entre Pat et les bêtes quelque chose... quelque chose qu'il ne faut pas... à quoi on ne peut pas toucher.

Bullit se tut, et, sans qu'il en prît conscience, sa main fourragea dans sa toison rouge. En même temps, il m'examinait d'une tout autre manière, comme s'il cherchait sur moi un signe de malformation, de tare dissimulée.

— Mais alors, demanda-t-il, comment pouvez-vous être l'ami de Lise Darbois ?

— Je ne le suis pas, déclarai-je. Pas le moins du monde. Je la connais à peine, et ce peu me semble déjà trop.

Le sourire que j'avais déjà remarqué, indécis, timide et plein de charme, vint aux lèvres de Bullit.

— Avouez-le, dis-je, à cause de cette jeune femme, vous m'auriez fait volontiers goûter au cuir des rhinocéros.

— C'est bon Dieu vrai, dit Bullit avec simplicité.

Soudain il éclata d'un rire énorme et naïf, d'un rire d'enfant et d'ogre à la fois qui sembla remplir toute la forêt d'épineux. Entre deux convulsions, il répétait :

— C'est bon Dieu vrai, je vous aurais bien donné du *kiboko* !

Et il recommençait à perte d'haleine :

— *Kiboko... kiboko... kiboko...*

Et la contagion m'atteignit. Le mot *kiboko* me parut d'un comique étonnant. Et je me mis à rire moi aussi, dans le sentier de brousse, face à Bullit, jusqu'aux larmes. Ce fut à ce moment qu'entre nous vint l'amitié.

Quand, notre accès passé, Bullit me parla de

nouveau, il le fit comme à un familier qui connaissait tous les dessous, tous les secrets de sa maison.

— On ne croirait jamais, dit-il avec une violence contenue, qu'une poupée aussi vaine et aussi vide que Lise puisse nous faire tant de mal à dix mille kilomètres de distance.

— Et sans le vouloir, ni même le savoir, dis-je.

Bullit secoua son mufle avec entêtement et gronda :

— Ça m'est égal, je la hais. Je ne pense, moi, qu'à Sybil et à la petite.

Il pivota sur ses talons et se remit en marche. Cependant il allait moins vite, la nuque plus lourde. Il réfléchissait. Puis il parla sans se retourner. Son dos me bouchait l'horizon. Ses phrases étaient mesurées par la cadence de notre pas. Il disait :

— Ne me croyez pas complètement fou parce que je laisse Pat courir à son gré dans la brousse et approcher les bêtes comme elle veut. D'abord elle possède le pouvoir sur elles. Ça existe ou ça n'existe pas. On peut connaître les animaux à fond, ça n'a pas de rapport. Ainsi moi, par exemple. J'ai passé toute ma vie au milieu des bêtes et, pourtant, rien à faire, le pouvoir, c'est de naissance. Comme la petite.

Je suivais le grand corps de Bullit en tâchant de mettre mes pas juste dans les siens afin de ne pas troubler, désaccorder cette voix rauque et lente qui me ramenait au mystérieux domaine de Patricia.

— J'ai connu quelques hommes qui avaient le pouvoir, disait Bullit. Des blancs et des noirs... des noirs surtout. Mais personne autant que Pat. Elle est née avec le don. Et puis, elle a été élevée chez les bêtes. Et puis (Bullit hésita d'une manière à peine perceptible), et puis, elle ne leur a jamais fait de mal. Elle les *entend* et les bêtes *l'entendent*.

Je ne pus m'empêcher de demander :

— Cela suffit à sa sécurité?

— Elle en est certaine, dit Bullit marchant toujours et toujours sans se retourner. Et elle doit savoir mieux que nous. Mais je n'ai pas son innocence. Je la fais garder par Kihoro.

— Le Noir mutilé? demandai-je.

Bullit força un peu l'allure et répondit :

— Ne vous y méprenez pas. Kihoro est estropié mais il a une démarche de léopard. Moi, Patricia entendrait tout de suite que je rôde ou guette aux alentours. Et pourtant, je connais le métier. Pour Kihoro, qui est toujours derrière son ombre, elle ne se doute de rien. Et il a beau n'avoir qu'un seul œil, il tire plus juste et plus vite que moi. Et je passe pour un des bons fusils de l'Afrique Orientale.

Bullit se retourna. Il y avait dans son regard un feu étrange et dans sa voix un accent plus jeune.

— Savez-vous que dans le temps, pour aller à n'importe quelle bête dangereuse, lion, éléphant, buffle même, Kihoro ne demandait jamais plus d'une cartouche? Et que...

Bullit s'interrompit net, et comme pour se punir d'une faute qui m'échappait, mordit brutalement sa lèvre inférieure.

— Pour garder la petite, soyez tranquille, dit-il, les chargeurs de Kihoro sont pleins.

Le sentier s'élargissait. Nous fîmes en silence quelques pas côte à côte.

— C'est naturellement par Kihoro, demandai-je, que vous avez appris ma rencontre avec Patricia?

— Oui, dit Bullit. Mais surtout qu'elle ne sache pas qu'il la surveille. Tout son jeu lui serait gâché. Et son jeu est le seul bonheur qu'elle peut avoir ici.

Nous arrivions à un groupe de huttes qui n'étaient pas celles du camp des voyageurs. Sans m'en rendre compte, j'avais suivi Bullit jusqu'au village nègre.

VIII

Une vingtaine de paillotes, cachées par une haute végétation d'épineux, servaient d'habitations au personnel de la Réserve : gardes, employés, serviteurs, et à leurs familles. Des bâtiments plus solidement construits abritaient un groupe électrogène, un atelier de réparation, la réserve d'essence, un entrepôt de vivres et de vêtements.

La population de ce hameau entoura aussitôt Bullit. Les *rangers* portaient un uniforme : vareuse de toile kaki à gros boutons métalliques, short et chéchia de la même étoffe, cartouchière à la ceinture. Les mécaniciens étaient habillés de guenilles, les serviteurs de longues tuniques blanches serrées à la taille par un rouleau d'étoffe bleue, les scribes de vêtements européens, y compris la cravate. Sur les cotonnades des femmes, les couleurs les plus vives, les plus crues, et les plus heurtées, s'affrontaient avec un bonheur constant. Les enfants étaient nus.

L'accueil qui était fait à Bullit ne permettait pas de doute. Le géant roux, le maître du Parc royal était le bienvenu dans le village. Des cris et des chants de joie le saluaient. Une amitié chaude et naïve brillait sur les visages des Noirs.

Bullit me jeta un regard qui signifiait : « Vous

voyez bien... malgré le *kiboko*... malgré mon aventure en Rhodésie. »

Il y avait dans ses yeux toutes les certitudes que m'avaient tant de fois exprimées les vieux colons et leurs fils : l'excellence naturelle des races blanches, l'infériorité des peuples-enfants qui n'estiment et n'aiment que la force. Je ne partageais pas ces conceptions. Elles avaient été valables tant que les indigènes y avaient cru. Maintenant c'était fini. Quelques hommes, encore, par leur personnalité puissante, par une sorte d'instinct supérieur, semblaient les justifier. Et c'était au fond de régions isolées, perdues, que les grands courants du monde n'avaient pas atteintes. Les jours venaient, les jours étaient venus pour de nouveaux rapports entre les hommes de couleurs différentes. Mais il était vain de perdre du temps, ce temps dont il me restait si peu, à discuter avec Bullit. Il n'écouterait rien. Il avait sa vérité.

Bullit chassa gaiement, à grandes claques sonores, la troupe qui l'assourdissait, fit rouler dans la poussière, avec gentillesse, du bout de ses bottes, des enfants nus et ravis. Puis il rassembla les *rangers.* Le climat changea d'un seul coup. Silencieux, immobiles, bras au corps, talons joints, les gardes entendirent les instructions et se dispersèrent dans leurs paillotes.

— Voilà qui est fait, me dit mon compagnon. On ne perdra pas de vue un seul instant les Masaï pendant la semaine qu'ils vont passer ici.

Je demandai :

— Vous les laissez camper dans la Réserve ?

— Il faut bien les tolérer, dit Bullit. Le territoire leur a toujours appartenu, et ils ne sont pas encombrants. Ils se tiennent dans les pâturages prescrits.

— Alors pourquoi les surveiller aussi étroitement ?

— A cause des lions, dit Bullit. La tradition, la gloire des Masaï est de tuer un lion à la lance et au couteau. C'est interdit par le gouvernement de la colonie. Ils sessaient tout de même en cachette. Beaucoup ne reviennent pas. Ça leur est égal. (Bullit haussa les épaules.) A moi aussi. Quelques Noirs de moins, même Masaï... Mais je ne veux pas admettre qu'ils m'abîment un lion.

Les *rangers* sortaient de leurs cases, armés de carabines, cartouchières garnies à la ceinture et s'égaillèrent à travers la brousse.

J'allais prendre le chemin de ma hutte. Bullit me dit :

— Un instant encore... J'ai quelque chose à voir au groupe électrogène.

Il pénétra dans un hangar où bruissaient des moteurs.

Alors, rapidement, silencieusement, et selon une manœuvre exécutée, à coup sûr, plus d'une fois, les enfants noirs se massèrent des deux côtés de la porte. Quand Bullit sortit, ils l'assaillirent de nouveau.

Cette fois, Bullit feignit d'être surpris, effrayé, d'avoir du mal à se défendre. Garçons et filles s'accrochaient en grappes à ses bottes, à ses genoux, aux pans de son short et hurlaient de plaisir. La population du village fit cercle autour du jeu. Dans les joues sombres, riaient les grandes dents blanches.

Soudain, une tête coiffée en boule fendit le rang des spectateurs et, derrière Bullit, surgit un petit démon échevelé qui, d'un cri sauvage, força les enfants noirs à lâcher prise pour un instant, sauta sur les reins de Bullit, s'agrippa à sa nuque et, d'un rétablissement, se hissa sur l'une de ses épaules.

Tout avait été si rapide — et maintenant la petite

fille portait une salopette fraîche d'un bleu délavé —, que je reconnus seulement alors la silhouette, le cou, et la coiffure de Patricia. Comme Bullit me tournait le dos, je ne pouvais pas voir ce qu'exprimaient les traits de la petite fille, mais il n'était pas difficile de le deviner à ses mouvements. De la main gauche, elle saisit et serra le menton de Bullit à l'étouffer, de la droite, fit voler son grand chapeau de brousse. Puis elle plongea les deux mains au fond des cheveux roux et se mit à les tirer, à les pétrir.

Patricia n'avait pas besoin de parler : tout montrait chez elle l'exigence de la tendresse et le triomphe de la possession.

— Regardez-le, ce géant, ce maître du Parc royal, proclamait la petite fille par chacun de ses gestes. - · Regardez-le ! Il est à moi. A moi seule. Je fais de lui ce que je veux.

Et Bullit, le torse martelé à coups de talons, la tête ballottée en tous sens, cambrait les reins, haussait la nuque et riait de bonheur.

Patricia promena tout autour un regard étincelant, enivré. M'aperçut-elle ? Sa figure se figea d'un coup. Elle glissa contre le flanc de Bullit comme le long d'un arbre, se jeta sur les enfants noirs, les entraîna. Ils roulèrent tous ensemble dans une mêlée confuse.

Bullit ramassa son chapeau de brousse, mais, avant de s'en coiffer, il promena lentement, doucement, sa main massive dans les cheveux roux que les doigts de Patricia venaient de martyriser. Un sourire très vague, imprégné de fierté, d'adoration, éclairait son visage.

— Allons, dit-il enfin, je vous accompagne chez vous.

Je me détournai à regret du tourbillon de poussière rouge et de peaux noires où surgissait et disparaissait tour à tour une salopette bleu pastel.

IX

Ma hutte se trouvait tout près, sans que je le sache. Le village nègre et le camp des visiteurs étaient si bien séparés et dissimulés par les épineux, que chacun formait un domaine clos, invisible et comme inaccessible à l'autre.

Devant mon perron, je demandai à Bullit :

— Whisky ?

Et sans attendre davantage sa réponse qu'il ne l'avait fait pour moi dans sa maison, j'allai déboucher la bouteille.

Il était près de midi. La lumière toute droite tombait comme une feuille de zinc incandescent contre l'ouverture de la véranda. La terre ne connaissait plus l'ombre des arbres.

Nous buvions en silence, un silence nourri, bienfaisant. Au milieu d'un monde torride qui semblait sur le point de se dissoudre, il y avait deux hommes protégés par le même toit, accablés par la même torpeur, heureux de la même paresse, avec, dans la bouche et le sang, la même douceur de l'alcool. Deux hommes en plein accord physique et qui sentaient leur amitié croître de son propre mouvement.

— Dommage... votre départ si vite... dommage, dit Bullit. (Sa voix était à peine distincte.) Vous ne pouvez pas vraiment rester ?

Je remuai à peine les lèvres pour répondre :

— Impossible... place d'avion retenue.

Bullit soupira :

— Pour une fois que j'avais un visiteur convenable.

Il but ce qui lui restait de whisky et contempla son verre. Je le remplis.

— Les touristes... Vous ne connaissez pas cette espèce, dit Bullit.

Lentement, de gorgée en gorgée, il parla de la dame qui avait besoin de ses bijoux au pied du Kilimandjaro et qui les avait vus, un matin, s'envoler de sa table entre des pattes de singe. Il me raconta les gens qui souffraient parce que les huttes du camp manquaient de réfrigérateurs. Et ceux qui, au contraire, transportaient leur lit dehors par obsession de l'aventure. Et encore ceux qui s'attendaient à trouver dans la Réserve des plates-formes installées sur les arbres d'où l'on pourrait, la nuit, regarder les animaux sous la lumière des projecteurs en buvant du vin de Champagne comme au fameux hôtel Treetops de Nyeri... Et les couples dont les partenaires se donnaient amoureusement des noms d'animaux sauvages.

— Et dire, acheva Bullit, en s'animant un peu, que si l'une de ces personnes, par idiotie, balourdise ou impudente vanité, désobéit au règlement et, à cause de cela même, est attaquée par une noble bête, c'est la bête que les *rangers* et moi nous avons pour mission de tuer.

— Que feriez-vous donc, demandai-je, si ce n'était pas un devoir ?

— Le seul bon côté du devoir est justement de rendre toute question sans objet, dit Bullit.

Je voulais répondre, mais brusquement il me fit signe de me taire. Puis, d'un autre signe, il m'enjoignit de regarder en l'air suivant la direction de son doigt levé.

A quelques pas de la véranda, dépassant les branches d'un acacia et comme accrochée à elle, remuait délicatement une tête effilée au museau plat et naïf, semée de taches de couleur havane, avec de petits triangles très droits pour oreilles et des cils longs, épais, voluptueux, d'un noir velouté de houri. Une jeune girafe cherchait avec grâce et prudence sa nourriture parmi les épines. Une autre apparut derrière elle, beaucoup plus grande.

— La mère, dit Bullit dans un souffle.

De celle-ci, on voyait un immense cou moiré qui avait un lent balancement de tige. Elle vint fouiller la cime de l'arbre tout contre la jeune girafe, et la surplomba d'une tête exactement pareille à la première : museau tacheté, oreilles aiguës, cils énormes et qui semblaient fardés. Je contemplai avec émerveillement ce doux monstre bicéphale.

Les têtes superposées se déplacèrent insensiblement de branche en branche et finirent par disparaître.

— Vous voyez comme les bêtes sont confiantes, ici, et heureuses, dit Bullit. Celles-là comptent parmi les plus craintives. Elles viennent pourtant jusqu'aux huttes.

Bullit avait posé son menton sur son poing. Le poing paraissait plus énorme et le menton plus carré. L'alcool qu'il venait de boire multipliait et avivait les stries rouges de ses yeux. Cependant, sur le mufle roux et brutal reposaient une joie lumineuse et la timide espérance de voir un vœu accompli. C'était à peine croyable.

— Drôle de gueule, hein, pour une nounou d'animaux sauvages ? demanda mon compagnon.

— En effet, dis-je, ce n'est pas sous ce jour que l'on présente à Nairobi le grand Bull Bullit.

— Bull Bullit, hein? dit pesamment le maître du Parc royal.

Son menton s'écrasa davantage sur son poing. Sa figure se ferma.

— Bull Bullit, reprit-il. Je n'avais pas entendu ce surnom depuis longtemps[1].

— Il est pourtant bien fait pour vous, dis-je.

Mon compagnon releva lentement sa large tête rouge.

— Oh! je sais, dit-il. Et j'ai fait mon possible pour le rendre fameux... Bull Bullit le braconnier en défenses d'éléphants et cornes de rhinocéros, Bull Bullit le chasseur professionnel, le fusil à gages, l'exterminateur de gros gibier dans des provinces entières.

Je dis :

— A travers l'Afrique Orientale, c'est bien votre légende.

— C'est la vérité, dit Bullit.

Il se redressa d'un seul bloc, alla d'un seul pas jusqu'au bord de la véranda et saisit à pleines mains la balustrade. Elle vibra et gémit sous ses doigts.

— Et qu'est-ce que j'y pouvais? demanda Bullit.

Il s'adressait moins à moi qu'à la clairière, à l'abreuvoir et au Kilimandjaro immobile et livide sous l'immobile et livide lumière.

Il revint s'asseoir à la table et dit :

— Pour m'encourager à l'alphabet, on m'a donné une carabine. Je n'avais pas dix ans que mon père m'emmenait en safari. On m'a bercé, on m'a nourri, on m'a gavé, bon Dieu, d'histoires de chasse et de fusils célèbres. On m'a enseigné à pister les bêtes

---

1. *Bull,* en anglais : taureau.

comme un indigène, à placer une balle entre les deux yeux, juste au défaut de l'épaule, droit au cœur. Et puis, quand j'ai voulu faire métier de ma carabine, mon père, tout à coup, est devenu enragé. Il a exigé, parfaitement, il a exigé de m'envoyer en Angleterre en pension.

Jusque-là, Bullit avait parlé surtout à lui-même. Dès lors, il me prit à témoin.

— Vous pouvez imaginer ça, vous ? Le dortoir, le réfectoire, les classes, les études au lieu des feux de camp, du soleil sur la brousse, des bêtes libres... Je n'avais qu'un parti à prendre et je l'ai pris. J'ai quitté la maison avec ma carabine et des cartouches pour en vivre. Et j'en ai vécu, et même bien vécu.

La voix de Bullit, à ces dernières paroles, avait pris une sourde mélancolie. Il garda le silence, avec sur le visage cette expression de songe, d'indulgence et d'incrédulité que prend un vieil homme — mais Bullit n'avait pas quarante ans — lorsqu'il revoit, comme si c'étaient celles d'un autre, les joies et les folies de sa jeunesse.

Il ne m'était pas difficile de suivre dans ses souvenirs mon rude compagnon. Son passé de coureur et d'écumeur de brousse était connu depuis la côte de l'océan Indien jusqu'aux grands lacs d'Afrique. On trouvait toujours, dans les bars de Nairobi, les hôtels de l'Ouganda, les plantations du Tanganyika et du Kivou, des hommes pour vous parler de Bull Bullit à sa grande époque. L'un disait sa force et son endurance ; un autre son incroyable opiniâtreté ; un autre son audace ; un autre encore la sûreté de son flair et de son tir. Chacun appuyait son propos au moins d'un exemple étonnant.

Hardes d'éléphants décimées pour l'ivoire destiné aux trafiquants indiens, troupeaux de buffles massacrés afin de vendre la viande boucanée aux indigènes, fauves abattus pour le prix de leur peau. Missions que le gouvernement donnait à Bullit d'exterminer les bêtes sauvages dans certaines régions qu'elles infestaient. Affûts sans nombre qui délivraient des mangeurs de bétail et d'hommes les villages hantés par la terreur des lions sorciers et des léopards magiques. Années de marches et de guets, de patience et de risques toutes mêlées à la vie animale, à la brousse infinie, aux constellations de la nuit africaine... Voilà les images, me semblait-il, qui devaient passer dans la mémoire de Bullit. J'en fus assuré quand il dit comme en rêve :

— Kihoro se souvient de tout ça.

Le son de sa propre voix le rendit au sentiment du réel et du présent. Mais seulement à demi, car il me demanda :

— Comment est-ce possible ?

Et voyant que je ne comprenais pas ce que sa question supposait, il poursuivit avec impatience :

— C'est pourtant simple. Pour bien tuer les bêtes, il faut les bien connaître. Pour les connaître, il faut les aimer, et plus on les aime et davantage on les tue. C'est même pire que cela en vérité. C'est exactement dans la mesure où on les aime qu'on éprouve le besoin et la joie de les tuer. Et alors, qu'on ait faim ou non, que cela rapporte ou que cela coûte, avec ou sans licence, en terrain permis ou défendu, que l'animal soit dangereux ou sans défense, peu importe. S'il est beau, noble ou charmant, s'il vous touche au plus profond du cœur par sa puissance ou sa grâce, alors on tue, on tue... Pourquoi ?

— Je ne sais pas, dis-je. Peut-être l'instant où vous allez l'abattre est-il le seul où vous pouvez sentir que la bête est vraiment à vous.

— Peut-être, dit Bullit en haussant les épaules. Une troupe de gazelles passa au milieu de la clairière, sur le fond du Kilimandjaro. Leurs cornes très minces et rejetées loin en arrière, presque à l'horizontale, avaient la courbure d'une aile.

Bullit les accompagna du regard et dit :

— Aujourd'hui, j'ai l'âme pleine de joie à les voir, simplement à les voir. Mais autrefois, j'aurais choisi la plus grande, la plus légère, avec la plus belle robe, et je ne l'aurais pas manquée.

— C'est votre mariage qui a tout changé ? demandai-je.

— Non, dit Bullit. C'est arrivé avant que je rencontre Sybil. Et ça ne peut pas s'expliquer davantage. Un beau jour le coup part et l'animal tombe comme à l'ordinaire. Mais on se rend compte subitement que ça vous laisse indifférent. La joie du sang qui était plus forte que toutes les autres, eh bien, elle n'est plus là. (Bullit promena sa large paume sur la toison rouge qui couvrait son poitrail dénudé.) On continue par habitude jusqu'à un autre jour où l'on ne peut plus continuer. On aime les bêtes pour les voir vivre et non plus pour les faire mourir.

Bullit alla jusqu'au perron, contempla le paysage immense tout imprégné de brume de chaleur.

— Je ne suis pas le seul dans mon cas, dit-il. Les chefs des Parcs royaux sont tous d'anciens chasseurs de métier, tous des tueurs convertis. (Il eut un sourire sans gaieté.) Mais comme j'ai été plus loin qu'eux dans le massacre, je vais aussi plus loin en sens contraire. Question de nature, je pense... Et puis...

Sans achever, Bullit orienta son regard vers le fond de la clairière où la nappe d'eau n'était plus, à cette heure, qu'un terne miroitement. Il me demanda :

— C'est bien de ce côté-là que Patricia est entrée chez les bêtes ?

— C'est bien là, dis-je. Il faut l'avoir vue pour y croire.

— Quand on est innocent à leur égard, les bêtes le savent, dit Bullit.

Il se retourna vers moi et sembla chercher sur mes traits, ainsi qu'il l'avait fait plusieurs fois, une explication qui lui échappait. Il dit enfin :

— Kihoro m'a rapporté que la petite vous a parlé longtemps.

— Patricia, dis-je, m'a montré de l'affection... jusqu'à l'instant où elle s'est rappelé que je partais demain. Alors je n'ai plus été son ami.

— Ah ! oui, murmura Bullit.

Il ferma les yeux. Ses épaules semblaient rompues, les bras pendaient sans force. Il avait l'air d'un grand animal très malade.

— Faut-il qu'elle se sente seule, murmura Bullit.

Il ouvrit les yeux et me demanda :

— Vraiment, vous ne pouvez pas rester encore un peu ?

Je ne répondis pas.

— Nous avons chaque jour une liaison radio matin et soir, avec Nairobi, dit humblement Bullit. Vous pouvez faire reporter la date de votre billet.

Je ne répondis pas.

— Il faut supposer que chacun a ses devoirs dans l'existence, dit Bullit.

Il s'en alla sans me regarder. Comme l'avait fait Patricia.

X

Je quittai la véranda pour déjeuner à l'intérieur de la hutte. Le chaume du toit aigu et la boue épaisse dont les murs étaient pétris ménageaient un semblant de fraîcheur.

Bogo ouvrit des conserves et une bouteille de bière. Je lui demandai s'il avait revu Patricia. Il dit : « Non, Monsieur », et se tut. Le connaissant, je n'espérais plus autre chose. Cependant, sur ses joues et son front, les minuscules figures de géométrie — triangles, carrés, cercles — que formaient les rides sans nombre bougeaient d'une façon singulière. Il continua comme malgré lui :

— Je n'ai pas revu la petite fille blanche, mais tout le monde au village m'a parlé d'elle.

Bogo prit un temps, hésita. Je feignis d'être absorbé par la nourriture. Toute question pouvait effaroucher ce surprenant besoin de confidence.

— Les gens l'aiment beaucoup, l'aiment très fort, reprit Bogo, mais elle leur fait peur.

Je m'écriai :

— Peur !

— Elle est sorcière pour les bêtes sauvages, Monsieur, dit Bogo en baissant la voix. On m'a juré qu'elle a pour père un lion.

Je songeai à la face de Bullit et demandai :

— Les gens veulent dire que son père ressemble à un lion ?

— C'est d'un vrai lion que les gens parlent, Monsieur, reprit Bogo.

Sa voix était moins neutre que d'habitude et la peau squameuse, toute plissée, de son visage, avait viré du noir au gris, comme décolorée par la crainte. Pourtant, Bogo était chrétien, s'habillait à l'européenne, lisait les journaux anglais du Kenya.

— Vous croyez cela possible ? demandai-je.

— Tout est possible, Monsieur, dit très bas mon chauffeur. Tout, si Dieu le veut.

Pensait-il au Dieu des missionnaires ou à d'autres plus anciens et puissants sur la terre d'Afrique ?

Il poursuivit dans un murmure.

— On a vu cette petite fille dans la brousse, couchée près d'un lion immense, et il la tenait entre ses pattes comme son enfant.

— Qui a vu cela ? demandai-je.

— Les gens, dit Bogo.

— Quels gens ?

— Des gens qui ont vu, des gens qui savent, dit Bogo.

Il me regardait misérablement. Je ne pouvais pas deviner s'il préférait que je partage ou refuse son effroi.

— Allons, Bogo, dis-je, allons, pensez à toutes les histoires que nous avons entendues au cours de notre voyage et que vous m'avez traduites !... Dans l'Ouganda, des gens avaient vu des hommes-panthères, au Tanganyika, les gens avaient vu des hommes-serpents. Et sur le lac Victoria, il y en avait même qui avaient parlé avec Lutembé, le grand dieu crocodile, vieux de mille ans.

— C'est juste, Monsieur, dit Bogo.

L'avais-je convaincu ? Sa voix était de nouveau parfaitement neutre. On ne pouvait plus rien déchiffrer sur ses traits.

Un *ranger* entra dans la hutte. Bogo traduisit son message. Le *ranger* était à ma disposition pour la visite. Le règlement d'ailleurs l'exigeait. Il était interdit de circuler dans le Parc royal sans la protection d'un garde armé.

Le *ranger* monta dans notre voiture avec sa carabine pour s'asseoir près de Bogo. Je pris place à l'arrière.

La Réserve était immense. Elle s'étendait sur des dizaines et des dizaines de lieues, brousse tantôt courte et tantôt boisée, tantôt savane et tantôt collines et pitons. Et toujours la masse colossale du Kilimandjaro, sommé de ses neiges, veillait sur les espaces brûlants et sauvages. Les bêtes étaient partout. Jamais je n'avais vu galoper autant de zèbres, courir tant d'autruches, bondir tant de gazelles et d'antilopes, ni des troupeaux de buffles aussi denses, ni de familles de girafes aussi nombreuses.

Aucun enclos, aucune haie, aucune marque visible ne séparait le Parc de la brousse ordinaire. Les limites en étaient portées uniquement sur des cartes, des cadastres. Et cependant, les animaux semblaient sentir, savoir (et se transmettre cette connaissance en un mystérieux langage) que là était le lieu de protection, la terre d'asile.

La magnificence de la nature et l'abondance des bêtes commencèrent par m'enchanter. Mais, très vite, je sentis que ces mêmes splendeurs devenaient pour moi une cause d'irritation et presque de souffrance. Voulais-je m'arrêter et approcher les bêtes, le *ranger* ne me laissait pas dépasser quelques mètres de chaque côté de la piste et encore se tenait-il près de moi. Voulais-je faire suivre à la voiture un de ces mille sentiers qui s'enfonçaient sous bois ou entre les collines, vers l'ombre des fourrés et des tanières, le *ranger* l'interdisait. Nous n'avions pas le droit de prendre la moindre liberté avec l'itinéraire légal, officiel. C'est-à-dire une route grossière et assez large qui traversait le Parc royal dans le sens de la longueur et d'où partaient quelques rares embranchements aménagés par Bullit.

Je me souvins des propos qu'il m'avait tenus sur les touristes et les précautions qu'il prenait à leur égard. J'étais l'un d'eux, ni moins ni plus.

Si j'avais vécu cette journée dans la Réserve comme le faisaient les visiteurs ordinaires, j'aurais sans doute été heureux de contempler ses richesses selon la loi commune. Mais Bullit avait promis de m'en découvrir les refuges et les secrets. Et surtout, surtout, j'avais connu l'abreuvoir au jour levant, avec Patricia.

De temps à autre, le *ranger* pointait une longue main, noire et osseuse, vers sa gauche ou sa droite, et disait :

— *Simba.*

— *Tembo.*

Ces mots, les seuls que je comprisse dans son langage, signifiaient que dans une lointaine futaie d'épineux, interdite pour moi, vivaient des lions et que là-bas, cachés par des collines volcaniques où je ne pouvais accéder, erraient des troupeaux d'éléphants. Et ma voiture continuait à cahoter sur le chemin prescrit. J'avais le sentiment d'être puni, privé, frustré, volé. A la fin, chaleur et poussière aidant, je n'y tins plus et donnai l'ordre à Bogo de rejoindre le camp.

Devant ma hutte, le *ranger* joignit ses talons noirs et nus, porta à sa chéchia kaki une main noire et osseuse, jeta sa carabine en bandoulière et s'éloigna vers le village nègre avec un sourire aussi brillant que ses boutons de métal plats et polis. Il avait accompli sa mission : me protéger des bêtes et de moi-même.

Je regardai le soleil. Il me restait au moins une heure de loisir avant de me rendre au bungalow des Bullit pour la cérémonie du thé. Que faire de ce temps ?

Il n'y avait plus de brume de chaleur. Le ciel n'était que pureté, légèreté. Les lumières et les ombres avaient repris leurs jeux à la surface du sol et contre la paroi immense de la montagne. Sur le sommet en forme de table, fantastique dalle plate et blanche comme un autel dressé pour ses sacrifices à la mesure des mondes, la neige immobile, la neige éternelle commençait à vivre d'un bouillonnement mystérieux et devenait une écume tantôt creusée, tantôt crêtée de vermeil, d'orange, de nacre et d'or.

On ne voyait plus de bêtes au fond de la clairière. Les oiseaux se taisaient. Les singes avaient cessé leurs rumeurs. Pas une branche, pas une aiguille ne bougeait sur les arbres, pas une ronce le long des sentiers. C'était l'instant de silence, de repos, de halte, et qui prenait ici toute sa force auguste, où le crépuscule, sans se montrer encore, annonçait de la sorte son approche, et où le soleil semblait suspendre son mouvement avant de céder les formes et les êtres aux ailes obscures du soir.

— Quels sont les ordres, Monsieur ? demanda Bogo.

Ce ne fut pas le son de sa voix qui me fit tressaillir, mais le fait qu'elle me rendait à la conscience, à la présence de ma propre personne. Il y avait eu auparavant une minute, ou une seconde, ou même une fraction de seconde — que sais-je et qu'importe —, durant laquelle j'avais cessé d'exister dans les misérables limites humaines et perdu, confondu dans l'univers sans fin, j'étais devenu cet univers et cet univers était moi-même.

Mais Bogo avait parlé et je me retrouvai d'un seul coup raidi, rétréci à ma seule substance et comme recousu malgré moi dans ma peau. Et forcé de commander, d'agir, de *faire* quelque chose. Et que faire qui fût en accord avec la brousse et les neiges d'Afrique alors que sur elles se penchait le soir?

Du couvert des épineux, deux hommes sortirent, deux Masaï.

XI

Qu'ils étaient issus de cette race, j'en fus certain tout de suite malgré mon peu d'expérience. Un voyageur pouvait aisément confondre les Jalluo, les Embu, les Wakamba, les Kikouyou, les Mérou, les Kipsigui et tant d'autres tribus noires qui peuplaient le Kenya. Mais s'il avait croisé, ne fût-ce qu'une fois, dans les grandes plaines raides et dans la brousse ardente quelques Masaï, il ne pouvait plus les oublier ni les méconnaître.

Il y avait cette démarche princière, paresseuse et cependant ailée, cette façon superbe de porter la tête et la lance et le morceau d'étoffe qui, jeté sur une épaule, drapait et dénudait le corps à la fois. Il y avait cette beauté mystérieuse des hommes noirs venus du Nil en des temps et par des chemins inconnus. Il y avait dans les mouvements et les traits cette bravoure insensée, inspirée. Et surtout, cette liberté orgueilleuse, absolue, indicible d'un peuple qui n'envie rien ni personne parce que les solitudes hérissées de ronces, un bétail misérable et les armes primitives qu'il façonne dans le métal tiré du lit sec des rivières comblent tous ses soins et qu'il est assez fier pour ne point laisser sur la terre des hommes ni maison ni tombeau.

Les deux Masaï qui venaient d'apparaître longeaient maintenant la lisière du camp, front haut, nuque droite et du même pas rapide, nonchalant et léger. L'un pourtant était un vieillard et l'autre un *morane.*

Cela voulait dire qu'il appartenait à l'âge fixé depuis des siècles par la coutume de la race, où les jeunes guerriers, quand ils sortaient de l'adolescence et devenaient la gloire du sang et la fleur du clan, n'avaient rien d'autre à faire pendant quelques années que d'être braves, d'être beaux et le montrer. De cet état privilégié le signe par excellence était leur chevelure.

Les *moranes* étaient les seuls, dans l'Afrique Orientale, où les indigènes, hommes et femmes, vont la tête rasée du premier au dernier de leurs jours, ils étaient les seuls, pour toute la durée de leur printemps tribal, à laisser croître dans toute sa force et sans y porter le fer leur toison crépue. C'est pourquoi, dès qu'elle avait enveloppé leur front, ils ne cessaient de la soigner avec persévérance. Ils tiraient de certaines plantes une sève par l'effet de laquelle les cheveux consacrés poussaient plus vite et devenaient plus drus. Ils les tressaient en nattes d'une finesse de liane et les entrelaçaient l'une à l'autre en une profonde masse crépelée. Puis, ils les nourrissaient de graisse de vache. Elles devenaient toutes serrées, toutes brillantes. Alors, ils les enduisaient, les recouvraient de boue rouge et d'argile. Et ce n'était plus une chevelure qui couronnait les jeunes hommes. C'était une fauve et merveilleuse matière qui ressemblait à la fois à un nid de serpents pétrifiés, à un buisson ardent et à un casque de cuivre dont le heaume en pointe descendait jusqu'aux sourcils sauvages et qui se rabattait sur la nuque d'ébène.

Le vieillard et le *morane* approchaient de ma hutte.

Je dis à Bogo :

— Demandez-leur de s'arrêter un instant.

— Mais... Monsieur... mais..., balbutia Bogo. Son visage, sous les rides sans nombre, était devenu tout gris.

— Mais ce sont des Masaï, acheva-t-il misérablement.

Bogo était un Kikouyou. Il se rappelait que ces pasteurs des plaines stériles, ces nomades sans abri ni merci, ces guerriers de naissance avaient, depuis la nuit des temps, rasé, brûlé, exterminé les hameaux de son peuple sédentaire. Les Anglais, assurément, avaient arrêté le carnage. Mais il ne suffisait pas de quelques années paisibles pour effacer les terreurs immémoriales.

— Je suis avec vous, dis-je doucement à Bogo. Et les *rangers* et leurs fusils ne sont pas loin.

— C'est juste, Monsieur, murmura Bogo.

Mais lorsqu'il s'adressa aux Masaï, sa voix n'avait plus de timbre :

— *Kouahéri,* dit Bogo.

Ce qui était manifestement une formule de bienvenue.

Le regard des hommes noirs et nus sous le lambeau d'étoffe qui tombait de leurs épaules ne fit que glisser sur l'homme noir habillé comme les Blancs. Mais la peau craquelée de Bogo devint d'un gris encore plus pâle. Ce regard était emprunt d'un mépris qui allait jusqu'au dégoût mortel. On considère ainsi une chenille qu'on écrase et oublie. Bogo s'était adapté sans doute aux coutumes nouvelles. Les Masaï, eux, ne changeaient pas.

— *Kouahéri,* dis-je à mon tour.

Le *morane* attendit de voir ce que le vieillard allait faire. Celui-ci fixa ses yeux droit sur les miens. Évidemment, je n'étais pas son égal. Né d'un autre sang, il n'y avait pas d'homme sous le ciel qui pût valoir un Masaï. Mais j'étais un Blanc, étranger sur cette terre. La dignité n'interdisait pas, à mon égard, la politesse.

— *Kouahéri,* dit le vieillard avec une bonne grâce hautaine.

— *Kouahéri,* dit le *morane* sans aucune expression ni dans la voix ni sur les traits.

Le vieil homme se tenait aussi droit que la haute lance qu'il avait plantée devant lui d'un coup sec.

Le *morane* s'appuya des deux mains sur la sienne. Comme il l'avait gardée contre son flanc, ce mouvement lui fit infléchir mollement le torse et le cou. Entendait-il prouver de la sorte que là où même un vieux chef masaï avait à se montrer courtois, le privilège de sa chevelure lui donnait à l'insolence droit et devoir? Ou savait-il d'instinct que son attitude était celle qui convenait le mieux à son étonnante beauté?

Ce jeune corps d'éphèbe et d'athlète, sur lequel une peau noire et lustrée moulait des muscles longs, fins et doux, mais d'une vigueur extrême, rien ne pouvait en faire autant valoir la moelleuse puissance et l'éclat charnel que cette nonchalante et légère torsion. Quant au visage qui semblait illuminé du dedans par des reflets d'or, avec sa bouche forte et vermeille, son nez droit et dur, ses vastes yeux tout brillants de langueur, tout brûlants de violence, et la masse enfin, d'un métal vivant et rouge qui le coiffait, il prenait, reposant sur un bras nu, noir et ployé à demi, la tendresse du sommeil et la cruauté d'un masque.

A tant de beauté et dans sa sève la plus riche, dans sa plus vive fleur, tout était permis, tout était dû. Le *morane* se laissait admirer, innocent, subtil et féroce comme une panthère noire qui étire au soleil ses membres de meurtre et de velours. Que pouvait-on vouloir davantage ?

— Comment s'appelle-t-il ? fis-je demander par Bogo.

Le *morane* dédaigna de répondre. Le vieillard dit à sa place :

— Oriounga.

Il ajouta :

— Moi, je suis Ol'Kalou.

Puis il me posa une question brève que Bogo traduisit :

— Il veut savoir pourquoi vous êtes ici.

— Pour les bêtes.

Ol'Kalou parla de nouveau.

— Il ne comprend pas, dit Bogo. Puisque ici les bêtes on ne doit pas les tuer.

Après un silence, je demandai à mon tour ce que les deux Masaï faisaient dans la Réserve.

— Nous cherchons des pâturages pour le troupeau et un campement pour les familles, dit Ol'Kalou.

Une joue contre son bras et le bras contre sa lance, le *morane* entre de longs cils mi-clos me contemplait avec paresse et superbe.

Le silence s'établit de nouveau. Mais cette fois je ne savais plus quoi dire. Le vieux Masaï leva la main en signe d'adieu. A ce mouvement, l'étoffe misérable jetée sur son épaule glissa et découvrit entièrement son corps. J'aperçus alors un énorme sillon qui, depuis la naissance du cou jusqu'à l'aine, labourait une chair maigre et sèche. C'était une cicatrice monstrueuse dont les bourrelets, les crevasses et les lèvres avaient la couleur de la viande boucanée et du sang caillé.

Ol'Kalou remarqua mon regard et dit :

— Le cuir des meilleurs boucliers n'arrête pas les griffes du lion.

Le vieil homme arracha sa lance du sol et la considéra pensivement. L'arme était très longue et pesante, mais équilibrée à merveille. Effilée aux deux bouts, saisie en son milieu par un cylindre de métal modelé à la main du guerrier, elle pouvait aussi bien servir de javelot. Ol'Kalou fit osciller la lance d'une main et passa l'autre le long de sa blessure terrible. Il dit :

— C'était le temps où les Blancs ne se mêlaient pas des jeux des *moranes*.

Oriounga ouvrit les yeux sous son casque d'or rouge et sourit. Ses dents étaient régulières, aiguës et d'un éclat carnassier.

— Obéis aux Blancs si tu veux, disait au vieil homme le sourire sans pitié. Il y a longtemps que tu as cessé d'être un *morane*. Moi, je le suis et dans toute mon audace. Ma seule loi, c'est mon bon plaisir.

Les deux Masaï s'éloignèrent de leur pas nonchalant, ailé. A une certaine distance, leurs silhouettes, la lance à l'épaule, furent semblables par la sécheresse des lignes et la beauté du mouvement aux dessins qui ornent les grottes et les rochers de la préhistoire.

— Quels sont les ordres, Monsieur ? me demanda Bogo.

Mais je n'avais plus rien à faire en un lieu où les hommes étaient plus étranges encore, et secrets, et inaccessibles que les bêtes sauvages.

— Allons préparer les paquets pour partir demain sans perdre un instant, dis-je à Bogo.

XII

L'invitation que m'avait faite Sybil Bullit d'une façon si pressante n'avait pour moi qu'un attrait : revoir Patricia. Mais quand j'arrivai au bungalow, la petite fille n'y était pas.

— Il fait encore jour et il est rare que Patricia rentre avant le coucher du soleil... c'est un poète, dit Sybil avec un rire nerveux.

Elle portait des souliers à talons hauts, une robe de soie à fleurs, ouverte sur la poitrine et dans le dos, et autour du cou un rang de perles. Et de même qu'elle était un peu trop habillée pour l'occasion, elle était aussi un peu trop maquillée et parfumée.

Sa voix et son attitude avaient subi les mêmes changements. Elles n'étaient pas fausses vraiment, ni affectées. Mais il y avait en elles cette animation légèrement factice, cette gaieté de commande, ce ton à peine plus haut et ces mouvements à peine plus vifs qu'à l'état naturel, par où une maîtresse de maison manifeste qu'elle a bien résolu à l'avance de briller et de faire briller.

Tant de soins, tant d'apprêts, en l'honneur d'un passant, d'un inconnu ! Il fallait que le besoin de société se fût aiguisé à l'extrême dans la solitude pour que, par le fait de ma seule présence, le regard de

Sybil (les lunettes noires avaient disparu) prît cet éclat fiévreux.

Bullit, lui, avait un costume de toile blanche repassé avec soin et empesé. La cravate était à rayures. Ses cheveux roux mouillés, peignés, plaqués sur le crâne massif faisaient ressortir avec violence l'épaisseur et la brutalité de ses traits. Il semblait mal à l'aise et maussade.

— Soyez tranquille, la petite sera là à temps, me dit-il.

Je n'avais pas prononcé le nom de Patricia et n'avais montré en rien la déception que m'inspirait son absence. Ils parlaient d'elle pourtant, tous les deux et tout de suite. On eût dit que, se servant de moi, ils poursuivaient un dialogue engagé avant ma venue.

— En tout cas, pour prendre le thé, nous n'attendrons pas notre petite coureuse de brousse, s'écria Sybil.

Elle eut le rire forcé d'une note par lequel elle m'avait accueilli.

On passa du salon à la salle à manger. Là se trouvaient réunis tous les attributs exigés pour un thé de cérémonie dans une demeure anglaise de bonne tradition : théière, bouilloire, et pots de vieil argent ; service de vieille porcelaine ; napperons de dentelle et serviettes brodées ; lait, citron, toasts, cakes, marmelade d'oranges, confiture de fraises, petits sandwiches au fromage de Chester — que sais-je encore...

Et dans une jardinière de cristal, au milieu de la table, il y avait des œillets, des pensées, des anémones, bref, ces mêmes fleurs d'Europe fragiles et pâles sur lesquelles j'avais vu Sybil pencher son angoisse.

Je dis à la jeune femme :

— Je ne sais comment vous remercier de cet accueil.

Elle s'écria :

— Oh ! je vous en prie. Je suis si contente d'avoir à sortir enfin les quelques objets convenables que nous possédons. Et quant aux friandises, avec les boîtes, c'est facile.

Sybil eut de nouveau le rire qui lui semblait approprié à notre réunion, mais elle s'aperçut que je regardais la jardinière et s'arrêta net.

— Ah ! vous pensez à mes fleurs, dit-elle lentement.

Pour la première fois, sa voix était basse, grave et sincère et, dans ses yeux libérés d'un éclat de parade, je retrouvai l'expression si belle que j'avais surprise dans la matinée par instants.

— On pourrait s'asseoir, dit Bullit.

Deux serviteurs noirs vêtus de blanc, culottes bouffantes serrées aux chevilles, longues tuniques nouées à la taille d'une écharpe amarante, avancèrent des sièges. L'un d'eux ne fut pas occupé.

La tête de Sybil se tourna vers la fenêtre et revint à sa position naturelle d'un mouvement si prompt que je ne l'aurais pas remarqué sans doute si Bullit n'avait pas dit alors, avec toute la tendresse dont il était capable :

— Allons, chérie, vous le voyez bien, il fait jour.

— Si peu, murmura Sybil.

— Chérie, dit Bullit avec un rire bref, notre hôte serait peut-être content d'avoir du thé.

Sybil tressaillit, se redressa, toucha sans en avoir conscience son rang de perles et sourit :

— Combien de sucres ? Lait ? Citron ? demanda-t-elle.

De nouveau, la voix et le sourire n'étaient plus tout

à fait justes. Sybil reprenait son rôle et, visiblement, il lui faisait encore plaisir.

— Le cake est excellent, disait-elle. On me l'envoie de Londres, la marmelade aussi. Mangez, mangez. Votre dîner sera médiocre, j'en suis sûre. Les hommes qui voyagent seuls sont toujours les mêmes.

Tandis qu'elle emplissait la tasse de Bullit et la sienne, la jeune femme continua sur ce ton. Puis, pour assurer à la conversation un aimable équilibre, et m'y donner la part qui convenait, elle demanda les impressions que j'avais retenues de ma promenade dans le Parc royal.

— Les paysages sont magnifiques, dis-je, et j'ai vu une quantité d'animaux… de loin.

J'adressai un coup d'œil furtif à Bullit mais, à cet instant, il regardait par la fenêtre s'amasser les ombres du crépuscule.

— C'est de loin que les bêtes sont les plus jolies, s'écria Sybil. Les gazelles, surtout. Vous savez, nous en avons une, apprivoisée, toute menue, adorable.

— Je connais Cymbeline. Nous sommes très amis.

— John, dit Sybil à Bullit, vous devriez raconter…

Elle n'acheva pas parce que, à ce moment encore, Bullit regardait du côté de la fenêtre. Sybil donna un ordre brusque aux serviteurs noirs. L'un d'eux alla tirer tous les rideaux. L'autre appuya sur le commutateur de l'électricité.

— Non, non, cria Sybil.

Elle fit le geste de rabattre des lunettes sur ses yeux, s'aperçut qu'elle n'en avait pas, les remplaça par une main déployée en éventail.

— Les chandelles, John, je vous prie, dit-elle impatiemment.

Il y avait sur un guéridon deux grands bougeoirs en argent, de forme ancienne. Bullit les alluma. Une clarté paisible et vivante se mit à jouer sur l'argenterie polie par les ans, la porcelaine transparente, les frêles fleurs, les rideaux d'un bleu léger.

Était-il possible, était-il vrai que sur le seuil même de cette pièce, close comme un refuge et comme une illusion, la brousse commençait, la brousse des hommes et des bêtes sauvages ?

Le vieil Ol'Kalou me revint à la mémoire et Oriounga le *morane*.

— Deux Masaï, dis-je, se sont arrêtés devant ma hutte. Je les ai trouvés magnifiques. Le jeune surtout. Il était...

— Oh ! non, je vous en supplie, ne continuez pas, s'écria Sybil.

Elle ne pensait plus à son rôle. Il y avait une note hystérique dans sa voix. Il semblait que je venais de faire entrer les guerriers barbares dans la chambre aux rideaux bleutés, sous la douce flamme des chandelles.

— Je les connais, reprit Sybil en portant les mains à ses tempes. Je ne les connais que trop. Ces corps nus comme des serpents, ces chevelures, ces yeux de fou... Et ils sont ici une fois de plus !

Bien que la fenêtre fût complètement aveuglée, Sybil dirigea vers elle un regard éperdu et murmura :

— Qu'est-ce que je vais devenir... C'est déjà un enfer.

Bullit se leva brusquement. Que voulait-il faire ? Il ne le savait pas lui-même. Il était là, debout, immobile, muet, énorme, gauche, endimanché et comme englué par l'empois de son vêtement mal ajusté à ses os, à ses muscles. Sous les cheveux humides, plaqués, son visage portait la bouleversante expression d'un homme qui se sent fautif à mourir et ignore pourquoi.

Sybil vit ce qu'il éprouvait et la force de son amour

l'emporta sur tout le reste. Elle fit rapidement le tour de la table, prit la main de Bullit et dit :

— Mon chéri, excusez mes nerfs. C'est uniquement à cause de Patricia. Mais je sais très bien qu'il n'y a pas d'autre vie possible pour vous.

Bullit se rassit comme exorcisé. Sybil regagna sa place. Tout, extérieurement, était en ordre. Le jeu de la réception pouvait et devait reprendre.

— John, dit Sybil sur le ton que ce jeu exigeait d'elle, pourquoi ne racontez-vous pas à notre hôte quelques-unes de vos chasses. Je suis sûre qu'elles l'intéresseraient beaucoup. Vous en avez eu de si merveilleuses.

— Certainement, tout de suite, dit Bullit.

Il eût fait n'importe quoi pour Sybil, après ce que Sybil venait de faire pour lui. Mais le bonheur peut, autant que la souffrance, frapper l'esprit de désarroi. Bullit voulut fourrager dans ses cheveux, les sentit mouillés, retira sa main comme s'il s'était brûlé, et dit :

— Je me demande par quoi commencer.

— Eh bien, conseilla Sybil, prenez l'histoire que vous m'avez dite le soir où nous nous sommes connus.

— Voilà, voilà ! Parfait ! s'écria Bullit.

Il se tourna de mon côté et dit :

— C'était dans le Serenguetti, il y a une dizaine d'années.

La suite vint aisément. Il s'agissait de la poursuite d'une tribu de lions mangeurs d'hommes, d'une ruse et férocité diaboliques. Bullit contait bien et avec simplicité. De plus, son récit était nourri d'une vibration particulière : s'il s'adressait à moi, il parlait en vérité pour Sybil. D'abord elle fut, en bonne maîtresse de maison, préoccupée de l'impression que me faisait le récit. Mais son attention se détourna vite de moi. Ses mains, ses traits se calmèrent. Son regard prit cette lumineuse innocence qui le rendait plus beau. Ce n'était pas Bullit distrayant l'hôte d'un soir que Sybil entendait et voyait. Mais Bullit tel qu'il avait été dix années auparavant, plus léger de corps, plus mince et ardent de visage, sans raucité dans la voix, sans fibrilles rouges dans les yeux. Bullit tel qu'elle l'avait connu pour la première fois, colosse timide, qui portait sur lui l'odeur de la brousse et l'auréole de ses dangers, Bullit dans sa pleine gloire de chasseur blanc. Et lui, il disait son histoire pour une jeune fille arrivée d'Europe, limpide, exaltée, joyeuse, qui, sur la véranda fleurie de l'hôtel Norfolk ou au bar du Stanley ou dans les salons du Muthaïga-Club, l'écoutait comme on ne l'avait jamais écouté, le contemplait comme personne jamais ne l'avait regardé.

De temps à autre, d'un chuchotement, Sybil rappelait à Bullit qu'il avait omis un détail, qu'il abrégeait trop un épisode. C'était toujours un détail ou un épisode qui faisaient ressortir la puissance, la cruauté, l'intelligence des fauves et par là même la bravoure et l'adresse de Bullit. Ainsi mené, inspiré par la jeune femme, il retrouvait le goût du sang animal, il était de nouveau le grand tueur de la brousse. Mais le récit de ces fatigues, et de ces périls, de ces courses à travers les fourrés déchirants, des conseils tenus avec les pisteurs noirs et nus, des guets épuisants et mortels avait pour Sybil et Bullit la merveilleuse douceur de paroles d'amour, d'un amour qui durait encore.

Soudain, Bullit, au milieu d'une phrase, s'arrêta net, et Sybil, dont le visage était devenu cireux, se redressa à demi. Une longue et terrible clameur, rugissement et plainte à la fois, s'était élevée dans la brousse — très loin ? tout près ? — et traînait, traînait dans la pièce close. Tant qu'elle ne fut pas épuisée, aucun de nous ne fit un mouvement. Mais aussitôt après, Sybil courut à la fenêtre, écarta les rideaux. Il n'y avait plus de soleil. Le crépuscule si bref touchait à son terme. L'ombre montait du sol, rapidement.

— John! John! dit Sybil. Il fait noir.

— Pas encore, chérie, pas tout à fait, dit Bullit qui avait rejoint sa femme.

— Jamais, jamais Patricia n'est restée dehors si longtemps, dit Sybil. Et la nuit vient, la nuit...

Sybil se retourna brusquement vers l'intérieur de la chambre. Il lui était insupportable de voir, instant par instant, l'obscurité croître et s'épaissir comme une fumée sombre. La première brise du soir entra par la fenêtre ouverte. Les flammes des bougies vacillèrent.

— John! Faites quelque chose, s'écria Sybil. Prenez les boys, les *rangers,* trouvez Patricia.

Plus faible et atténué, mais encore distinct et redoutable, le grondement que nous avions entendu un peu plus tôt retentit longuement. Sybil plaqua ses mains sur ses oreilles. Bullit rabattit les rideaux contre la nuit qui montait.

— John! John! cria Sybil.

— Je pars, dit Bullit.

Mais la porte s'ouvrit comme d'elle-même. Kihoro, noir, déhanché, balafré, borgne, avança d'un pas dans la pièce. Sans dire un mot, il cligna de son œil unique à l'adresse de Bullit, ébaucha un sourire de sa bouche édentée et disparut.

Avec un cri de joie si ténu qu'il ressemblait à un gémissement, Sybil se laissa glisser dans un fauteuil. La grande main de Bullit effleura ce visage où il n'y avait plus une goutte de sang.

— Vous voyez bien, chérie, dit-il très bas, tout est en ordre.

— Mais oui, murmura Sybil, le regard épuisé, vide.

Elle considéra la table et les napperons brodés, les serviettes en dentelle, le service de porcelaine ancienne, le réchaud de vieil argent où l'eau continuait de bouillir. Ses forces lui revinrent. Elle dit :

— Soyez gentil, John, allez chercher Patricia. La petite a besoin de son thé.

XIII

Quand Sybil et moi nous fûmes seuls, elle eut la tentation de reprendre son attitude et son ton de société. Mais le choc avait été trop violent.

— Je ne sais plus ce que je fais, dit-elle en secouant faiblement la tête. John a toujours raison. Mais je n'en peux plus. Mes nerfs sont à bout. Il y a trop longtemps que nous vivons de cette manière.

— Elle crut, je ne sais pourquoi, que je voulais l'interrompre et agita la main avec impatience.

— Je comprends, je comprends, dit Sybil. Vous trouvez que c'est merveilleux ici. Naturellement... pour quelques jours... en amateur, en passant. Mais faites-en votre existence ordinaire et vous verrez. Moi aussi dans les premiers temps, j'allais partout avec John, et je trouvais à tout beauté, charme, aventure, poésie... Et puis, peu à peu, c'est venu.

La jeune femme n'avait pas besoin de nommer le sentiment à quoi elle faisait allusion. Il n'était besoin que de voir son visage. C'était la terreur.

D'une voix monotone, monocorde, elle me raconta les étapes.

Une fois, après les pluies, la Land Rover de Bullit s'était embourbée et ils avaient dû passer la nuit en pleine futaie sauvage. Une autre fois, alors qu'ils s'étaient arrêtés, un rhinocéros, caché jusque-là dans un fourré profond, avait tout à coup chargé leur voiture. Seules, les avaient sauvés la rapidité des réflexes de Bullit et son adresse de conducteur. Et une autre fois encore, au milieu de la nuit, un éléphant était passé si près de leur roulotte — car au commencement ils avaient une roulotte pour demeure — qu'elle avait entendu son pas et son souffle.

— Un caprice de sa part et il renversait, piétinait tout, dit Sybil. Le courage, la force de John n'auraient servi à rien. Et nous avions déjà Patricia, toute petite. Alors j'ai connu la vraie peur. J'ai eu peur jusqu'à la moelle, jusqu'à l'âme. Cette peur-là ne peut plus se calmer. Jamais. C'est fini. Elle pousse. Elle grandit. Elle vous dévore.

La nuit, Sybil, incapable de sommeil, épiait avec épouvante tous les bruits de la brousse.

Le jour, tandis que Bullit courait la Réserve, ne pensant qu'au bien-être de ses bêtes (il y avait de la haine dans la voix de Sybil), elle restait seule avec les serviteurs noirs.

— Je ne peux plus supporter ces rires barbares, gémit-elle, ces dents trop blanches, leurs histoires de spectres, d'hommes-panthères, de sorciers. Et surtout, la manière qu'ils ont d'apparaître sans qu'on les entende venir.

Ce fut de cette façon qu'entrèrent Bullit et Patricia.

J'avais attendu toute la journée de revoir la petite fille avec une impatience et une émotion tellement démesurées que plus d'une fois je m'étais senti ridicule. Et voici qu'elle était devant moi et je ne retrouvais à son égard aucun des sentiments qu'elle m'avait inspirés. Mais aussi, qu'y avait-il de commun entre l'apparition de l'aube, la compagne des bêtes sauvages et l'enfant modèle que Bullit tenait par la main ?

Patricia portait une robe de toile bleu marine qui descendait un peu plus bas que les genoux, empesée, ornée d'une collerette et de manchettes blanches. Ses chaussettes étaient blanches également. Aux pieds, elle avait de petits escarpins vernis. A ce vêtement s'accordaient le maintien de Patricia, modeste et réservé, le long cou bien droit et sage dans la collerette blanche, la frange des cheveux coupés en boule bien alignés au-dessus des yeux baissés. Elle me fit une légère révérence, embrassa sa mère et alla prendre le siège qui lui était réservé. Je ne reconnus vraiment d'elle que les mains — quand elle les eut posées sur la nappe — bronzées, couvertes d'égratignures, avec les ongles en dents de scie et entourés d'un cerne bleu qui semblait indélébile.

Patricia parcourut du regard les gâteaux et les confitures disposés sur la table et dit d'un ton de satisfaction sérieuse :

— C'est vraiment un grand thé.

Elle remplit sa tasse elle-même et se servit de cake ainsi que de marmelade d'oranges. Ses manières étaient parfaites, mais elle tenait obstinément les yeux baissés.

— Enfin, vous voyez notre demoiselle, et vous pourrez la décrire à Lise, me dit Sybil.

Je sentis qu'elle était fière de sa fille et reprenait peu à peu son équilibre. Elle s'adressa gaiement à Patricia :

— Tu sais, notre hôte est un ami de Lise Darbois.

Patricia ne dit rien.

— Je t'ai souvent parlé de Lise, tu t'en souviens, n'est-ce pas ? demanda Sybil.

— Oui, maman, je me souviens, dit Patricia sans lever les yeux.

Sa voix claire, bien timbrée, ne rappelait en rien sa façon clandestine de parler, près de l'abreuvoir. On y percevait le dessein têtu de ne pas prendre part à la conversation.

Mais Sybil tenait à faire briller sa fille.

— Ne sois pas si timide, chérie, dit-elle. Raconte quelque chose sur le Parc, sur les bêtes. Tu les connais bien, n'est-ce pas ?

— Je ne sais rien d'intéressant, dit Patricia, le cou droit, le regard fixé sur son assiette.

— Tu es vraiment trop sauvage, s'écria Sybil sans pouvoir dominer une irritation qui montrait que ses nerfs commençaient à lui désobéir de nouveau.

Elle dit à Bullit avec un rire forcé :

— John, j'espère que vous aurez meilleure mémoire que votre fille. Vous n'avez pas fini de nous raconter votre grande chasse du Serenguetti.

Il y eut alors une scène aussi brève qu'étonnante.

Aux dernières paroles de sa mère, Patricia — ce qu'elle n'avait pas fait depuis qu'elle était entrée dans la pièce — leva les yeux brusquement et les tint fixés sur Bullit. Et lui, comme s'il s'était attendu à ce mouvement et l'avait redouté, il n'osa pas d'abord affronter la petite fille. Mais la volonté de Patricia qui durcissait, pétrifiait son tendre et mobile visage l'emporta sur la résistance de Bullit. Son regard rencontra celui de l'enfant. Un sentiment d'impuissance, de faute, de souffrance, de prière se peignit sur ses traits. Les yeux de Patricia demeuraient inflexibles.

Cet échange silencieux, je n'en mesurai la portée véritable que plus tard. Mais il eut son plein sens pour Sybil. Ses lèvres blanchirent et elle n'arriva pas à maîtriser leur tremblement. Elle demanda — et sa voix à chaque phrase montait d'un ton :

— Eh bien, John ! Vous voilà aussi muet que votre fille ! Toujours d'accord contre moi ! Et vous ne lui avez même pas fait reproche pour rentrer à des heures qui me font mourir d'angoisse, n'est-ce pas ?

— Je suis navrée, maman, croyez-moi, dit Patricia très doucement. Tout à fait navrée. Mais King est venu très tard aujourd'hui. Et il a voulu me raccompagner à toute force. Vous l'avez entendu sans doute.

— Bien sûr, dit Bullit, on reconnaît...

Sybil l'empêcha de poursuivre.

— Assez, assez, cria-t-elle. Je ne veux plus, je ne peux plus vivre dans cette folie.

Elle se tourna vers moi et, toute secouée par un rire qui n'avait ni son ni sens, une sorte de rire blanc, elle s'écria :

— Savez-vous qui est ce King que ma fille attend jusqu'au soir et par qui elle se fait reconduire, et de qui son père reconnaît la voix ? Le savez-vous ?

Sybil reprit son souffle pour achever d'une voix stridente, hystérique :

— Un lion ! Oui, un lion ! Un fauve ! Un monstre !

Elle était arrivée à la limite d'une crise de nerfs, et dut en avoir conscience. La honte et le désespoir de se montrer dans cet état effacèrent toute autre expression sur sa figure. Elle quitta la pièce en courant.

Patricia se tenait toute raide dans sa robe empesée et le hâle de ses joues s'était comme terni.

— Allez avec elle, dit Patricia à son père. Elle a besoin de vous.

Bullit obéit. La petite fille ramena sur moi son

regard. Il était insondable. Je m'en allai. Je ne pouvais rien pour personne.

— L'enfant du lion..., disaient de Patricia les Noirs du Parc royal.

XIV

Bogo, qui attendait devant la hutte, me suivit à l'intérieur et demanda :

— A quelle heure dîne Monsieur ?

Son uniforme, sa voix, son visage, son attitude, l'obligation de lui répondre — tout m'irrita d'une façon singulière.

— Je n'en sais rien, dis-je. Et cela n'a pas d'importance. Je m'arrangerai seul plus tard.

— Monsieur voulait que j'emballe tout ce soir pour partir à la première heure, observa Bogo.

— Nous partirons quand j'en aurai envie, dis-je en serrant les dents.

Bogo hésita un peu, le front bas, pour demander :

— Mais nous partons, Monsieur, n'est-il pas vrai ?

Son intonation qui exprimait la crainte, le reproche et l'entêtement à quitter la Réserve au plus vite me fut insupportable.

— Cela ne regarde que moi, dis-je.

— Et l'avion de Monsieur ? murmura Bogo.

Sans doute j'aurais agi comme je l'ai fait, même si mon chauffeur n'avait pas montré tant d'obstination. Mais sur l'instant, il me sembla que, seul, me décida le réflexe de liberté contre une insistance odieuse.

J'arrachai une feuille à mon carnet de notes, écrivis quelques lignes et commandai à Bogo :

— Portez cela au bungalow, immédiatement.

Mon message, destiné à Bullit, lui demandait de transmettre à Nairobi, au cours de son prochain contact par radio, que j'annulais la place qui m'avait été réservée pour le surlendemain dans l'avion de Zanzibar.

Le groupe électrogène cessa de fonctionner à dix heures, suivant le règlement de la Réserve. J'allumai la lampe tempête et m'installai sur la véranda. Le whisky était à portée de ma main. Je n'y touchai pas. Je n'avais pas plus soif que faim ou sommeil. Et pas davantage envie de réfléchir. Il faisait frais. La nuit était transparente. On distinguait dans l'obscurité les lignes sèches des arbres épineux et la forme tabulaire du Kilimandjaro. L'auvent de chaume cachait le ciel et les astres. Cela importait peu. Mes pensées avaient le tour le plus pratique, le plus trivial. Je me demandais si je n'avais rien oublié qui me fût nécessaire dans la liste d'achats que j'avais donnée à Bogo. Il devait, dès qu'il ferait jour, aller chercher du ravitaillement à une trentaine de kilomètres de la Réserve, dans le village de Laïtokito, chez l'épicier indien. Je me rappelais avec amusement l'effroi de mon chauffeur noir à tête de tortue quand il avait appris que se prolongeait indéfiniment notre séjour au milieu des bêtes sauvages. Puis je ne pensai à rien. La fatigue sans doute...

Les bruits de la brousse — craquements, gémissements, sifflements, chuchotements — formaient autour de la hutte un secret langage nocturne. De temps à autre s'élevaient au-dessus de tous les murmures un cri aigu, une clameur rauque, un strident appel. Et parfois des ombres immenses passaient au fond de la clairière.

J'attendais, l'esprit en suspens. Pourquoi lui demander un effort ? Quelqu'un allait venir et me faire comprendre les mystères de la nuit et le sens de ma journée dans le Parc royal et pourquoi j'avais été incapable d'en partir.

J'eus beau prolonger ma veillée jusqu'à l'heure où, sur la véranda, la balustrade se couvrit de rosée, il ne vint personne.

DEUXIÈME PARTIE

I

Je soulevai péniblement les paupières. Ce n'était
pas un merveilleux petit singe qui se penchait cette
fois sur mon réveil, mais Bogo, mon chauffeur.

— Le déjeuner, Monsieur..., disait-il, le
déjeuner !

— Le petit déjeuner ? demandai-je.

— Non, Monsieur, le déjeuner, dit Bogo. Il est
plus de midi.

— C'est que je me suis endormi très tard.

Il y avait eu dans ma réponse une intention
d'excuse. Je ne l'avais pas voulu, mais je n'y pouvais
rien. Pendant des semaines, j'avais habitué Bogo à
un itinéraire, à un programme d'une rigueur
extrême. Départs, arrivées, étapes, repas, tout avait
obéi à cette règle. J'avais fait l'impossible pour
nourrir chaque instant du voyage de connaissances et
d'émotions nouvelles. Bogo s'était mis tout entier au
service de mes desseins. Et voilà que je reniais,
déséquilibrais cette longue discipline. Il fallait me
tirer du lit au milieu de la journée pour me nourrir.

Mon corps était raide, meurtri. C'était, pensai-je,
d'avoir passé presque toute la nuit sur la véranda sans
bouger. Je gagnai la hutte-salle de bains. Mais ni
l'eau chaude ni l'eau froide ne purent, comme elles le

faisaient à l'ordinaire, détendre mes muscles ni mon humeur. La courbature était d'ordre moral. Tout m'irritait et particulièrement moi-même.

Ces conserves — pour combien de temps m'y étais-je condamné ?

Zanzibar... Je n'aurais plus jamais loisir de m'y rendre. Zanzibar, paradis dans l'océan Indien, embaumé de clous de girofle.

Et qu'est-ce qui m'attendait donc dans la Réserve qui valait de renoncer à la dernière partie de mon voyage et sans doute la plus belle ?

Les animaux sauvages... S'il fallait recommencer la promenade faite la veille, sous la surveillance d'un *ranger,* autant rester dans cette hutte protégée au moins de la chaleur et de la poussière et boire le whisky dont Bogo, selon mes instructions, avait rapporté une caisse de Laïtokito.

Une caisse ! Pourquoi une caisse ? Pour qui ? Bullit ? Il me détestait et l'avait bien fait voir. Quant à Sybil, maintenant que j'avais été le témoin de sa crise nerveuse, elle ne pouvait plus me souffrir, c'était évident. Et une haine neuve, brûlante, devait envenimer et embraser le ressentiment de Patricia.

Ils n'avaient tous, assurément qu'une envie : me savoir le plus loin possible. Et je m'implantais, je m'incrustais... Alors que je m'étais obstiné à partir quand on m'avait prié de rester.

Je maudissais chaque instant davantage la décision qui me retenait dans le Parc royal. Mais en même temps — et ainsi que je l'avais fait depuis que je l'avais prise — je refusais d'en reconnaître le motif. Sa puérilité, son ridicule me gênaient trop.

J'avais fini mon repas : nourriture insipide et bière tiède.

— Quels sont les ordres, Monsieur ? me demanda Bogo.

— Il n'y en a pas, dis-je en me forçant au calme. Allez vous reposer.

Une voix limpide, une voix d'enfant s'éleva du seuil de la pièce.

— Mais non, qu'il reste. Vous aurez besoin de lui.

C'était Patricia. Aucun bruit ne m'avait, bien entendu, averti de son approche. Elle portait de nouveau une salopette grise. Mais son maintien gardait quelque chose de la sagesse étudiée, de la modestie apprise qu'elle avait montrées la veille pour le thé de Sybil. Le petit singe Nicolas était juché sur l'une de ses épaules. La petite gazelle Cymbeline l'accompagnait.

— Mon père a fait votre message pour Nairobi, dit Patricia. Maman vous invite à dîner ce soir. Ils ont été très contents de savoir que vous ne quittiez pas ce Parc aujourd'hui.

Patricia avait détaché, souligné chaque mot. Son regard exigeait en retour une courtoisie égale.

— Je suis très reconnaissant à vos parents, dis-je. Ce que vous m'annoncez me réjouit beaucoup.

— Je vous remercie pour eux, dit Patricia.

A ce moment, je m'aperçus que les sentiments de Bullit et de sa femme à mon égard m'intéressaient peu. Je demandai :

— Et vous, Patricia ? Cela vous fait plaisir de me garder ici pour quelque temps ?

L'expression de Patricia ne changea que d'une nuance. Elle suffit cependant pour donner une tout autre signification au petit visage hâlé. Les traits demeuraient graves, sans doute, mais leur gravité n'était plus celle d'une petite fille qui a bien retenu sa leçon de maintien. C'était la gravité attentive, subtile, sensible, de l'enfant qui m'avait surpris près de l'abreuvoir du Kilimandjaro. Elle me donna un espoir et une joie sans apparence de raison.

— Je voudrais savoir pourquoi vous êtes resté, dit à mi-voix Patricia.

Ce que je m'étais refusé jusque-là d'admettre à moi-même, il me parut tout simple soudain de l'avouer.

— A cause de King, dis-je. Du lion.

Patricia approuva de la tête à plusieurs reprises, rapidement, vigoureusement, ce qui fit bouger le singe minuscule accroché à son épaule et dit :

— Ni mon père ni maman n'ont pensé à King. Mais moi je savais bien.

Je demandai :

— Nous sommes de nouveau amis ?

— Vous êtes resté pour King, le lion. C'est à lui de répondre, dit sérieusement Patricia.

Nous entendîmes alors un son étrange, moitié soupir et moitié sanglot. Mon chauffeur reprenait avec peine sa respiration. La peau de sa figure était grise.

— Que voulez-vous de Bogo ? demandai-je à Patricia.

— Vous le saurez plus tard. Il n'est pas encore temps, dit-elle.

Je fus pris soudain d'une impatience anxieuse. Il y avait eu dans ces paroles de Patricia, me semblait-il, une sorte d'engagement, de promesse. Elle n'était pas venue simplement porter un message de ses parents. Ce prétexte servait une décision plus importante et secrète. Je fermai un instant les yeux comme l'on fait pour échapper au vertige. Était-il possible que le dessein de la petite fille fût celui-là même que je croyais deviner ?

Je me repris. Voilà que j'étais de nouveau la proie des rêves de l'enfance. Il n'y avait qu'à laisser venir l'heure, l'heure de Patricia. Mais je me sentis incapable de l'attendre entre les murs de la hutte.

— Venez dehors, dis-je à Patricia.

Et à Bogo :

— Vous m'apporterez un peu de whisky.

Patricia me demanda, les yeux brillants :

— Est-ce que vous avez de la limonade ?

J'échangeai un regard avec Bogo. Nous étions aussi penauds l'un que l'autre.

— Mademoiselle aime peut-être le soda, dit mon chauffeur craintivement.

— Oui, si vous me donnez aussi du sucre et du citron, dit Patricia. Parce que, alors, avec le soda, je fais une limonade.

Elle composa soigneusement son breuvage, face à la grande clairière et à la montagne immense que le soleil à cette heure dépouillait d'ombre et de coloris.

— Vous avez été chez les bêtes ? demandai-je.

— Non, dit Patricia. J'ai pris mon petit déjeuner en même temps que maman. Et puis, toute la matinée, j'ai fait mes leçons avec elle. Tout a très bien marché.

Patricia s'arrêta de souffler sur l'eau gazeuse pour y faire des bulles. Elle poursuivit à mi-voix :

— Pauvre maman, elle est si heureuse quand je me donne de la peine pour étudier. Elle en oublie tout le reste. Alors, après ce qui s'est passé hier soir, c'était bien mon devoir de l'aider.

La petite fille recommença de souffler dans son verre, mais d'une manière toute machinale. Il y avait sur ses traits une compréhension, un tourment d'adulte. La vie était encore plus difficile pour Patricia que je ne l'avais pensé. Elle aimait sa mère et savait combien elle la faisait souffrir, et n'y pouvait rien à moins de cesser d'être elle-même.

Patricia trempa un doigt dans son breuvage, se lécha le doigt autour de l'ongle cassé, ajouta un peu de sucre.

— Maman est très savante, reprit-elle avec fierté. Histoire, géographie, calcul, grammaire, elle connaît tout. Et moi, si je veux, j'apprends très vite.

Elle prit soudain la voix clandestine dont elle usait pour ne pas effaroucher les bêtes et que je n'avais plus entendue depuis notre entretien près du grand abreuvoir.

— Vous savez, à la pension de Nairobi, j'étais en avance sur toutes les autres filles, je l'ai vu tout de suite. J'aurais pu gagner une classe ou deux. Mais j'ai fait l'idiote pour être renvoyée au plus vite. Sinon, je me serais laissée mourir.

Patricia parcourut d'un regard avide la clairière, les flaques d'eau qui miroitaient au loin et les massifs d'arbres les plus épais comme pour en percer les profondeurs. Elle but goulûment sa citronnade et s'écria :

— Appelez votre chauffeur. On part.

Elle décrocha le petit singe de son épaule et le plaça sur le dos de Cymbeline.

— Vous deux, leur dit-elle, vous rentrez à la maison.

La petite gazelle, avec le petit singe en croupe, posa délicatement de marche en marche ses sabots de la taille d'un dé à coudre et prit la direction du bungalow de Bullit.

Patricia descendit le perron en dansant et ouvrit la portière de la voiture.

— Si j'étais seule, j'irais comme je fais toujours, à pied, dit-elle. Mais avec vous...

Ses grands yeux sombres scintillaient de gaieté. Elle imaginait sans doute comme je m'essoufflais à la suivre et comment les fourrés où elle glissait sans peine retenaient et déchiraient mon corps maladroit.

— Où allons-nous, Mademoiselle ? demanda Bogo.

112

Patricia lui répondit très vite, en kikouyou. Il tourna vers moi un visage où l'effroi agitait chaque ride. Le blanc même de ses yeux était comme terni.

— Silence ! cria Patricia. Silence, vous !

Elle était revenue à la langue de sa race, langue de commandement, avec l'autorité naturelle et féroce des enfants à qui, depuis qu'ils sont nés, des serviteurs noirs ont montré une soumission entière.

— Mais... mais... Mademoiselle, mais... Monsieur, balbutia Bogo, il est défendu... Il est absolument interdit de circuler parmi les bêtes sans *ranger*.

— C'est vrai, dis-je à Patricia. Votre père...

— Avec moi, s'écria la petite fille, il n'est besoin de personne.

Tandis que j'hésitais, Kihoro se dégagea soudain d'un buisson d'épineux et avança vers nous. Il marchait le buste projeté en avant sur son bassin rompu comme si le poids du fusil de chasse à deux canons qu'il portait sur une épaule l'écrasait. Il s'arrêta près de la voiture et me scruta de son œil unique. Je comprenais son embarras. Il avait pour mission de veiller sur la petite fille dans toutes ses courses et sans qu'elle s'en doutât. Comment la suivrait-il si elle partait avec moi ?

Je proposai :

— A défaut d'un *ranger,* emmenons Kihoro.

— A défaut ! dit Patricia avec indignation. A défaut ! Il est le meilleur pisteur, traqueur et tireur de ce Parc. Et il le connaît mieux que personne. Et il est à moi.

Elle fit signe à Kihoro. Il se glissa de biais — son corps estropié empêchait qu'il s'y prît autrement — à côté de Bogo. Mon chauffeur eut un frémissement de répugnance. Il n'y avait rien de commun entre les *rangers* habillés de beaux uniformes, dressés à ménager les visiteurs et ce borgne, ce balafré dont les hardes sentaient la sueur et la brousse. Et puis, Kihoro appartenait à la tribu des Wakamba qui était, avec celle des Masaï, la plus guerrière, la plus cruelle.

Nous prîmes la piste médiane, seul parcours permis aux touristes et que je connaissais déjà. La petite fille appuya son dos contre un accoudoir et allongea les jambes sur la banquette, les replia, les étendit de nouveau, ferma les yeux à demi.

— Elle ressemble à un lit roulant, votre automobile, dit Patricia.

Cette voiture était une Chevrolet de louage, carrossée en conduite intérieure, vieille de quelques années, mais beaucoup plus large assurément, et mieux suspendue, que la Land Rover de Bullit, version anglaise de la jeep.

— Seulement, reprit Patricia en étirant ses membres légers avec un sentiment de luxe et de volupté, seulement cette automobile ne passera jamais là où va mon père. Et puis on ne voit rien de ce qu'il y a dehors.

Patricia fit glisser ses jambes sur la banquette et s'approcha de moi. Elle riait silencieusement. Elle chuchota :

— Regardez Kihoro. Il n'a pas l'air d'un malheureux singe enfermé dans une boîte ?

Aussi bas que Patricia avait pu parler, le vieux pisteur noir avait entendu son nom. Il se tourna vers nous. Je n'avais jamais vu de si près cette face où, parmi vingt cicatrices, l'œil droit formait une tache noire, un trou sanglant. Patricia montra d'un signe à Kihoro qu'elle n'avait pas besoin de lui. Le visage supplicié s'orienta de nouveau dans le sens de la marche.

— Comment le malheureux a-t-il eu toutes ces blessures ? demandai-je.

— Il n'est pas malheureux, dit Patricia avec assurance. Les Noirs ne souffrent pas d'être laids. Et chez eux les chasseurs sont fiers des marques de la chasse.

— Comment les a-t-il reçues?

— L'épaule et le bassin, ce n'est pas en poursuivant les bêtes, dit Patricia. C'est dans le Parc. Il avait trop confiance en lui avec les animaux sauvages. Une fois, c'est un buffle qui l'a lancé en l'air et piétiné. Une autre fois, il a été serré entre le tronc d'un arbre sur lequel il grimpait et le flanc du rhinocéros qui le chargeait.

— Mais la figure, dis-je, ce sont des marques de griffes?

— On ne peut pas s'y tromper, dit Patricia.

Je la regardai avec plus d'attention. Il y avait eu un étrange mouvement d'orgueil dans sa voix et sur ses traits. Ses yeux étaient plus sombres, ses lèvres plus vives tandis qu'elle racontait.

Les griffes qui avaient labouré le visage de Kihoro étaient celles d'un léopard. Kihoro l'avait pisté longtemps avec, dans son fusil, la seule cartouche que Bullit lui accordait pour aller seul à la chasse. La balle unique avait touché le fauve, mais sans le foudroyer. Il avait eu encore assez de force pour jeter bas Kihoro et le lacérer jusqu'au moment où un coutelas manié à l'aveugle avait trouvé le cœur de la bête.

Quand Patricia eut achevé ce récit, elle respirait vite et ses mains étaient crispées l'une contre l'autre. Je lui demandai :

— Vous êtes fière de Kihoro?

— Il n'a peur de rien, dit Patricia.

— Mais votre père, lui aussi?

— Je ne veux pas. Taisez-vous! s'écria la petite fille.

Elle m'avait habitué aux sautes d'humeur les plus violentes et les plus rapides. Je fus saisi néanmoins

115

par l'expression de souffrance que son visage prit d'un seul coup. Ces joues blêmies sous le hâle, cette bouche et ce regard à la torture, seul un intolérable accès de douleur physique semblait pouvoir en être cause.

— Les Blancs n'ont pas le droit. Je ne veux pas qu'ils tuent les bêtes, dit Patricia.

Sa voix était étouffée, haletante.

— Les Noirs, c'est autre chose. C'est juste. Ils vivent avec les bêtes. Ils ressemblent aux bêtes. Ils n'ont pas plus d'armes que les bêtes. Mais les Blancs... Avec leurs gros fusils, leurs centaines de cartouches ! Et c'est pour rien. C'est pour s'amuser. Pour compter les cadavres.

La voix de la petite fille s'éleva brusquement jusqu'au cri hystérique.

— Je déteste, je maudis tous les chasseurs blancs.

Les yeux de Patricia étaient fixés sur les miens. Elle comprit le sens de mon regard. Son cri se changea en murmure effrayé.

— Non... Pas mon père. Il n'y a pas d'homme meilleur. Il ne fait que du bien aux animaux. Je ne veux pas qu'on parle de tous ceux qu'il a pu tuer.

— Mais comment le savez-vous ? demandai-je.

— Il racontait à maman, à ses amis, quand j'étais très petite. Il pensait que je ne comprenais pas. Maintenant je ne veux pas, je ne supporte pas... Je l'aime trop.

Alors me revint à l'esprit et dans toute sa véritable signification le regard par lequel, la veille, dans le bungalow, la petite fille avait interdit à Bullit d'achever le récit de sa chasse aux lions du Serenguetti.

Patricia baissa la vitre de la portière, plongea dehors sa tête coiffée en boule et aspira longuement la poussière brûlante que soulevait notre course. Quand je revis sa figure, elle ne portait plus un signe de tourment. On ne pouvait y déceler qu'une impatience heureuse. Elle donna un ordre à Bogo. Notre voiture s'engagea dans un sentier bosselé, tortueux.

Était-ce la configuration du terrain ou l'orientation du sentier qui menait vers les taillis mystérieux et les refuges protégés des animaux sauvages — mais, contrairement à son habitude, Bogo conduisait très mal. Ressorts, freins, changement de vitesse gémissaient, grinçaient. Nous avancions dans un affreux tintamarre.

— Stop, dit soudain Patricia au chauffeur. Vous allez effrayer les bêtes ou les rendre furieuses.

Elle saisit son bras et commanda :

— Venez.

Puis elle se haussa jusqu'à mon oreille pour chuchoter :

— *Il* n'est plus très loin.

Elle sauta sur le sol et piqua droit vers des buissons hérissés de ronces.

II

Tant que dura notre marche, Patricia ne fit pas un mouvement, pour ainsi dire, qui ne prît soin de moi. Elle écartait les fourrés, soulevait les arceaux d'épines, m'avertissait des passages difficiles et au besoin me frayait un chemin. La suivant, je contournai une colline, un marécage, gravis un piton, m'enfonçai dans une haute brousse qui semblait impénétrable. Il me fallut souvent avancer sur les genoux, et, de temps à autre, ramper.

Quand la petite fille, enfin, s'arrêta, nous étions dans un ravin au bord duquel poussaient des haies compactes et denses comme des murs. Patricia prêta longuement l'oreille, observa la direction du vent puis me dit de sa voix la plus feutrée :

— Ne bougez pas. Ne respirez plus avant que je ne vous appelle. Faites bien attention. C'est terriblement sérieux.

Elle s'enleva sans effort jusqu'au sommet du ravin et fut comme dévorée par les buissons. J'étais seul au milieu du silence le plus complet qui pèse sur la terre sauvage de l'Afrique aux abords de l'Équateur, quand le soleil a seulement dépassé son zénith et que l'air est nourri, embrasé et terni de flamme.

J'étais seul et perdu dans un dédale de jungle

sèche, incapable de reconnaître un chemin quel qu'il fût et uniquement relié au monde habitable par une petite fille qui venait de fondre au milieu des épines.

Mais ce n'était pas la peur qui faisait courir le long de mon corps en sueur des frissons brefs et légers à une cadence de plus en plus rapide. Ou plutôt, c'était une peur en marge et au-delà de la peur ordinaire. Le sens du danger ne lui servait pas de source. Je tremblais parce que chaque seconde maintenant me rapprochait d'une rencontre, d'une alliance en dehors de la condition humaine. Car, si mon pressentiment était juste, et je savais maintenant qu'il l'était...

Je tremblais de plus en plus vite. Ma peur croissait d'instant en instant. Mais il n'y avait pas un bonheur au monde que j'aurais accepté d'échanger contre cette peur-là.

Un rire enfantin, haut et clair, ravi, merveilleux, sonna comme un tintement de clochettes dans le silence de la brousse. Et le rire qui lui répondit était plus merveilleux encore. Car c'était bien un rire. Du moins, je ne trouve pas dans mon esprit, ni dans mes sens, un autre mot, une autre impression pour ce grondement énorme et débonnaire, cette rauque, puissante et animale joie.

Cela ne pouvait pas être vrai. Cela tout simplement ne pouvait pas *être*.

A présent, les deux rires — clochettes et rugissements — résonnaient ensemble. Quand ils cessèrent, j'entendis Patricia m'appeler.

Glissant et trébuchant, je gravis la pente, me raccrochai aux arbustes, écartai la haie d'épineux avec des mains lardées de ronces et sur lesquelles le sang perlait.

Au-delà du mur végétal, il y avait un ample espace d'herbes rases. Sur le seuil de cette savane, un seul arbre s'élevait. Il n'était pas très haut. Mais de son tronc noueux et trapu partaient, comme les rayons d'une roue, de longues, fortes et denses branches qui formaient un parasol géant. Dans son ombre, la tête tournée de mon côté, un lion était couché sur le flanc. Un lion dans toute la force terrible de l'espèce et dans sa robe superbe. Le flot de la crinière se répandait sur le mufle allongé contre le sol.

Et entre les pattes de devant, énormes, qui jouaient à sortir et à rentrer leurs griffes, je vis Patricia. Son dos était serré contre le poitrail du grand fauve. Son cou se trouvait à portée de la gueule entrouverte. Une de ses mains fourrageait dans la monstrueuse toison.

— King le bien nommé. King, le Roi. Telle fut ma première pensée.

Cela montre combien, en cet instant, j'étais mal gardé par la raison et même par l'instinct.

Le lion releva la tête et gronda. Il m'avait vu. Une étrange torpeur amollissait mes réflexes. Mais sa queue balaya l'air immobile et vint claquer comme une lanière de fouet contre son flanc. Alors je cessai de trembler : la peur vulgaire, la peur misérable avait contracté chacun de mes muscles. J'aperçus enfin, et dans le temps d'une seule clarté intérieure, toute la vérité : Patricia était folle et m'avait donné sa folie. Je ne sais quelle grâce la protégeait peut-être, mais pour moi...

Le lion gronda plus haut, sa queue claqua plus fort. Une voix dépourvue de vibrations, de timbre, de tonalité m'ordonna :

— Pas de mouvement... Pas de crainte... Attendez.

D'une main, Patricia tira violemment sur la crinière ; de l'autre, elle se mit à gratter le mufle du fauve entre les yeux. En même temps, elle lui disait en chantonnant un peu :

— Reste tranquille, King. Tu vas rester tranquille. C'est un nouvel ami. Un ami, King, King. Un ami... un ami...

Elle parla d'abord en anglais, puis elle usa de dialectes africains. Mais le mot « King » revenait sans cesse.

La queue menaçante retomba lentement sur le sol. Le grondement mourut peu à peu. Le mufle s'aplatit de nouveau contre l'herbe et, de nouveau, la crinière, un instant dressée, le recouvrit à moitié.

— Faites un pas, me dit la voix insonore.

J'obéis. Le lion demeurait immobile. Mais ses yeux, maintenant, ne me quittaient plus.

— Encore, dit la voix sans résonance.

J'avançai.

De commandement en commandement, de pas en pas, je voyais la distance diminuer d'une façon terrifiante entre le lion et ma propre chair dont il me semblait sentir le poids, le goût, le sang.

A quoi n'eus-je pas recours pour m'aider contre l'éclat jaune de ces yeux fixés sur moi ! Je me dis que les chiens les plus sauvages aiment et écoutent les enfants. Je me souvins d'un dompteur de Bohême qui était devenu mon camarade. Il mettait chaque soir sa tête entre les crocs d'un lion colossal. Et son frère, qui soignait les fauves du cirque, quand, en voyage, il avait trop froid la nuit, il allait dormir entre deux tigres. Et enfin, à portée de secours, veillait Kihoro.

Mais j'avais beau m'entêter à ces images rassurantes, elles perdaient toute valeur et tout sens à mesure que la voix clandestine m'attirait, me tirait vers le grand fauve étendu. Il m'était impossible de lui désobéir. Cette voix, je le savais en toute certitude, était ma seule chance de vie, la seule force — et si précaire, si hasardeuse — qui nous tenait, Patricia, le fauve et moi dans un équilibre enchanté.

Mais est-ce que cela pouvait durer ? Je venais de faire un pas de plus. A présent, si je tendais le bras, je touchais le lion.

Il ne gronda plus cette fois, mais sa gueule s'ouvrit comme un piège étincelant et il se dressa à demi.

— King ! cria Patricia. Stop, King !

Il me semblait entendre une voix inconnue, tellement celle-ci était chargée de volonté, imprégnée d'assurance, certaine de son pouvoir. Dans le même instant, Patricia assena de toutes ses forces un coup sur le front de la bête fauve.

Le lion tourna la tête vers la petite fille, battit des paupières et s'allongea tranquillement.

— Votre main, vite, me dit Patricia.

Je fis comme elle voulait. Ma paume se trouva posée sur le cou de King, juste au défaut de la crinière.

— Ne bougez plus, dit Patricia.

Elle caressa en silence le mufle entre les deux yeux. Puis elle m'ordonna :

— Maintenant, frottez la nuque.

Je fis comme elle disait.

— Plus vite, plus fort, commanda Patricia.

Le lion tendit un peu le mufle pour me flairer de près, bâilla, ferma les yeux. Patricia laissa retomber sa main. Je continuai à caresser rudement la peau fauve. King ne bougeait pas.

— C'est bien, vous êtes amis, dit Patricia gravement.

Mais aussitôt elle se mit à rire, et l'innocente malice que j'aimais tant la rendit à la gaieté de l'enfance.

— Vous avez eu une grande peur, pas vrai ? me demanda-t-elle.

— La peur est toujours là, dis-je.

Au son de ma voix, le grand lion ouvrit un œil jaune et le fixa sur moi.

— N'arrêtez pas de lui frotter le cou et continuez à parler, vite, me dit Patricia.

Je répétai :

— La peur est toujours là… toujours là… toujours là…

Le lion m'écouta un instant, bâilla, s'étira (je sentis sous ma main les muscles énormes et noueux onduler), croisa ses pattes de devant et demeura immobile.

— Bien, dit Patricia. Maintenant il vous connaît. L'odeur, la peau, la voix… tout. Maintenant on peut s'installer et causer.

Je ralentis peu à peu le mouvement de la main sur le cou du lion, la laissai reposer, la retirai.

— Mettez-vous ici, dit Patricia.

Elle montrait un carré d'herbes sèches, situé à un pas des griffes de King. Je pliai les genoux pouce par pouce, m'appuyai au sol et m'assis enfin aussi lentement que cela me fut possible.

Le lion fit glisser son mufle de mon côté. Ses yeux allèrent une fois, deux fois, trois fois à mes mains, à mes épaules, à mon visage. Il m'étudiait. Alors, avec une stupeur émerveillée, où, instant par instant, se dissipait ma crainte, je vis dans le regard que le grand lion du Kilimandjaro tenait fixé sur moi, je vis passer des expressions qui m'étaient lisibles, qui appartenaient à mon espèce, que je pouvais nommer une à une : la curiosité, la bonhomie, la bienveillance, la générosité du puissant.

— Tout va bien, tout va très bien…, chantonnait Patricia.

Elle ne s'adressait plus à King : sa chanson était la voix de son accord avec le monde. Un monde qui ne connaissait ni barrières ni cloisons. Et ce monde, par l'intermédiaire, l'intercession de Patricia, il devenait aussi le mien. Je découvrais, avec un bonheur où le sentiment de sécurité n'avait plus de place, que j'étais comme exorcisé d'une incompréhension et d'une terreur immémoriales. Et que l'échange, la familiarité qui s'établissaient entre le grand lion et l'homme montraient qu'ils ne relevaient pas chacun d'un règne interdit à l'autre, mais qu'ils se trouvaient placés, côte à côte, sur l'échelle unique et infinie des créatures.

Fasciné et seulement à demi conscient de mes gestes, je me penchai sur le mufle royal et, comme l'avait fait Patricia, j'effleurai du bout des ongles le triangle marron foncé qui séparait les grands yeux d'or. Un frisson léger courut dans la crinière de King. Ses pesantes babines frémirent, s'étirèrent. La gueule s'entrouvrit et les terribles crocs brillèrent doucement.

— Regardez, regardez bien, dit Patricia, il vous sourit.

Comment ne l'aurais-je pas cru ? N'avais-je pas, du ravin, entendu le rire de King ?

— J'ai choisi le meilleur moment pour vous faire rencontrer, dit Patricia. Il a bien mangé, il est repu. (Elle tapota le ventre puissant.) C'est l'heure la plus chaude. Il y a beaucoup d'ombre ici. Il est heureux.

Patricia se glissa entre les pattes de devant, mêla ses cheveux en boule à la toison énorme et dit :

— Vous le voyez, ce n'était pas terrible du tout. Ni difficile.

— A condition d'être avec vous.

A peine avais-je achevé ces mots que tout changea en moi et autour de moi. Je sortis de l'état de transe où m'avaient jeté une peur et une joie poussées à l'extrême et où le miracle n'était que naturel. Et ce fut sous une lumière et dans une perspective plus appropriées à ma condition ordinaire que je perçus soudain le caractère fabuleux de ce qui m'environnait : la savane, du monde isolée ; l'arbre des terres ingrates qui portait des épines pour feuilles ; et, sous le parasol de ses longues branches, le fauve royal, la bête de proie redoutable entre toutes en pleine liberté dans son domaine, à qui je caressais le front. Et tout cela était réel, véritable, contrôlé par les sens et la raison — mais seulement grâce à Patricia. Grâce à la petite fille en salopette grise qui faisait penser à un ver à soie lové contre un poitrail de lion.

Comment lui exprimer ce qu'exigeaient de moi une tendresse et une reconnaissance qui ne pouvaient ressembler à aucune autre ? Je ne trouvai que le plus banal des moyens. Je dis :

— Est-ce que je peux vous embrasser, Patricia ?

Peut-être la force de mon sentiment avait-elle imprégné ma voix, ou bien Patricia était peu habituée à cette sorte d'effusion, mais il lui vint aux joues cette exquise couleur faite de hâle et de rose qu'elles prenaient en rougissant de plaisir. La petite fille écarta vivement la patte énorme qui la recouvrait et vint me tendre son visage. Il sentait le savon de lavande, l'arôme de la brousse et l'odeur du fauve.

De ses grands yeux d'or, King suivait nos gestes avec une attention soutenue. Quand il vit ma tête se rapprocher de celle de Patricia et ma bouche effleurer sa figure, le mufle du grand lion eut de nouveau ce mouvement que Patricia appelait un sourire. Et quand la petite fille eut repris place entre ses pattes, King lui lécha les cheveux.

— Lui, il m'embrasse souvent, dit Patricia en riant.

Ainsi, nous étions réunis tous les trois dans l'amitié de l'ombre et de la terre. Je demandai :

— Dites-moi, Patricia, dites-moi comment tout ceci a commencé ?

La petite fille saisit soudain à pleines poignées, d'un mouvement presque convulsif, la crinière du lion, attira la tête massive et velue et sembla se mirer dans les yeux d'or.

— Il était si faible, si menu, vous n'avez pas idée, quand Kihoro m'en a fait cadeau, s'écria Patricia.

Elle considéra un instant encore le mufle de King et ses traits puérils prirent l'expression même — incrédule, attendrie, attristée — que l'on voit aux mères lorsque, devant un fils adulte, elles se souviennent du nouveau-né.

— En ce temps, reprit Patricia avec un soupir, Kihoro était déjà borgne, bien sûr, mais le rhinocéros ne l'avait pas encore écrasé contre l'arbre. Et puis, j'étais bien plus petite. Kihoro n'était pas encore tout à fait à moi. Alors, quand mon père faisait des inspections dans les endroits du Parc où jamais ne va personne, Kihoro s'en allait avec lui. Et alors, un matin Kihoro — vous savez, il a pour les bêtes bien meilleur flair que mon père — Kihoro a trouvé au creux d'un fourré un tout petit lionceau — deux jours au plus, dit Kihoro — et tout seul et comme aveugle, et il pleurait.

Patricia frotta une de ses joues contre la crinière de King.

— Mais comment était-il abandonné ? demandai-je.

La petite fille plia un doigt et dit :

— Peut-être que ses parents ont poursuivi un gibier et sont sortis de ce Parc et que dans un endroit où mon père ne peut plus protéger les bêtes, des chasseurs les ont tués.

126

Elle plia un autre doigt :

— Il se peut, continua-t-elle, que la mère avait trop d'enfants et qu'elle était fatiguée pour s'occuper du plus faible.

La petite fille pressa plus fort sa joue contre la crinière majestueuse :

— Ou tout simplement, elle ne l'aimait pas assez, dit-elle.

Il y avait dans sa voix tout autant de pitié que si le lion énorme avait été encore sans défense ni recours contre les cruautés de la brousse.

— Vous n'avez jamais vu quelque chose d'aussi petit, s'écria Patricia qui s'agitait entre les pattes monumentales. Je vous jure que, alors, King était moins gros que les deux poings de mon père mis ensemble. Et il était tout maigre et tout nu, sans un poil. Et il gémissait de faim, de soif, de peur. Maman disait qu'il était comme un vrai bébé qui vient de naître. Et aussi, elle disait qu'il était trop chétif pour vivre. Mais moi, je n'ai pas voulu qu'il meure.

Alors, Patricia me raconta en détail, et avec une nostalgie singulière, comment elle avait soigné, fortifié, sauvé le bébé-lion. Elle avait commencé par le nourrir au biberon, puis elle lui avait donné beaucoup de sucre, elle l'avait habitué au porridge. Il dormait avec elle, contre elle. Elle avait veillé à ce qu'il ne prît jamais froid. Quand il était en sueur, elle l'essuyait. Quand les soirées étaient fraîches, elle le couvrait de ses propres lainages. Quand il était devenu bien gras, bien lisse, Patricia avait donné une fête pour son baptême.

— C'est moi qui lui ai trouvé son nom, dit la petite fille. Je savais bien, et contre tout le monde, qu'un jour il serait un Roi, un vrai.

Patricia eut de nouveau son étrange soupir maternel, mais elle reprit avec une intonation tout enfantine :

— Vous ne pourriez pas croire comme ça pousse vite un lion. Je commençais juste à savoir bien m'occuper de lui qu'il était déjà aussi grand que moi.

Le visage de la petite fille retrouva d'un seul coup son âge véritable.

— Alors, dit Patricia, alors on s'est mis à jouer. Et King faisait tout ce que je voulais.

Patricia rejeta avec violence la patte qui pouvait d'un seul battement la réduire en pulpe et se dressa tendue, crispée et incroyablement fragile devant le grand fauve à moitié assoupi. Il était facile de deviner sur son visage, saisi tout à coup par la fièvre et l'exigence de possession, le dessein qui l'animait. Elle voulait me convaincre — et, par là, surtout elle-même — que, dans la plénitude de sa force et de sa magnificence, King lui appartenait tout autant qu'à l'âge où, lionceau abandonné, il ne respirait que par ses soins. Elle cria :

— Il fait encore et toujours ce que je veux. Regardez ! Regardez !

Je ne croyais pas que j'étais capable, en cette journée, d'éprouver une forme nouvelle de l'effroi. Cependant, Patricia sut me l'inspirer. Mais c'est pour elle que je tremblai.

La petite fille, soudain, plia les genoux, sauta aussi haut qu'elle put et se laissa retomber, les pieds réunis, et d'un élan qui redoublait la violence de sa chute, sur le flanc du lion. Elle rebondit contre le sol et recommença plusieurs fois cet assaut. Puis, elle martela le ventre à coups de poing, à coups de tête. Puis elle se jeta sur la crinière, la saisit des deux mains et se mit à secouer en tous sens le mufle terrible. En même temps, elle criait :

— Allons, King ! Réponds, King ! Tu ne me fais

pas peur, grande carcasse ! Allons, King ! Debout, King ! On verra bien qui est le plus fort.

Le grand lion roula sur le dos, étendit une patte et ouvrit sa gueule sombre.

« Kihoro ! Kihoro ! pensai-je intensément. Tire ! Tire donc ! Elle va se faire lacérer. »

Mais le rugissement de mort que j'attendais ne vint pas. A sa place résonna cette sorte de rumeur énorme, rauque et joyeuse, cette grondante allégresse qui servait de rire à King. La patte formidable, au lieu de s'abattre sur Patricia et la mettre en pièces, s'approcha d'elle tout doucement, les griffes rentrées, cueillit la petite fille et la coucha par terre avec gentillesse. Patricia chargea de nouveau et King riposta comme il venait de le faire. Mais il avait pris goût au jeu. Il ne se contenta plus d'envelopper de sa patte la taille de Patricia et de la déposer sur le sol. Il la renvoya comme une balle. Chacun de ses coups était un miracle d'élasticité, de mesure et de délicatesse. Il se servait du bout de sa patte ainsi que d'une raquette veloutée et frappait juste assez fort pour faire voler, sans lui infliger la moindre meurtrissure, un corps de petite fille.

Patricia tenta d'échapper à ce fléau moelleux. En vain. Alors, elle se précipita sur les oreilles du lion, les tira sauvagement, enfonça les pouces dans ses yeux. Et King était plus fort et secouait la tête et roulait sur Patricia, mais de telle manière qu'il ne risquait jamais de l'écraser sous sa masse. Et la petite fille reparaissait sur l'autre flanc du fauve et tout recommençait.

Enfin, à bout de souffle, en sueur, échevelée, sa salopette grise couverte de poils fauves, d'herbes sèches et de ronces, Patricia arrêta la partie et s'allongea, haletant doucement, près du fauve. Il lui lécha la main et la nuque. Patricia sourit, comblée.

King avait montré toute son intelligence et toute sa soumission.

— J'ai eu très peur pour vous, dis-je à voix basse.

— Pour moi !

Elle se redressa sur un coude et me dévisagea, les sourcils rapprochés, les lèvres serrés comme si elle avait subi une insulte.

— Vous pensez que ce lion voudrait me faire mal ? Vous ne croyez pas que je peux tout sur lui ? demanda encore la petite fille.

Ses yeux avaient pris une expression étrange.

— Vous avez tort, dit-elle. Si je le désire, King vous mettra en morceaux tout de suite. On essaie ?

Avant que j'aie pu répondre, Patricia poussa la tête du lion de mon côté, me montra du doigt et sa gorge émit un son à la fois bas, sourd, bref et sifflant. King se dressa d'une seule ondulation musculaire. Je ne l'avais pas encore vu debout. Il me parut colossal. Sa crinière était droite et dure. Sa queue lui battait les flancs avec fureur. Ses yeux n'étaient plus d'or, mais d'un jaune glacé. Ses épaules se ramassèrent. Il allait...

— Non, King, non, dit Patricia.

Elle posa une main sur les narines dilatées par la colère et claqua de la langue plusieurs fois, avec douceur. King retint son élan.

Je devais être très pâle car Patricia, me regardant, se mit à rire avec une malice affectueuse.

— Ça vous apprendra, dit-elle, à ne plus avoir peur pour moi.

Elle massa la nuque du grand lion. Les muscles durcis frémissaient encore.

— Il vaut mieux vous en aller, reprit gaiement Patricia. Maintenant, King sera en méfiance avec vous pour toute la journée. Mais la prochaine fois, il aura oublié.

Patricia m'expliqua le chemin du retour. Je n'avais qu'à gagner le piton. Il était très visible, de l'autre côté du ravin. Ensuite, je n'avais qu'à marcher droit dans la direction du soleil.

Patricia sauta sur le dos de King. Je n'existai plus pour eux.

III

L'après-midi déclinait et les animaux sortaient de leurs retraites. Je les voyais à peine. Entre le monde extérieur et moi, il y avait King, l'ami de Patricia, le grand lion du Kilimandjaro. Sa crinière, ses yeux d'or, le rictus de son mufle, ses pattes effrayantes qui jouaient avec la petite fille comme avec une balle — voilà ce que je croyais apercevoir au détour de chaque buisson, dans chaque perspective de savane.

Quand j'eus regagné la voiture et que Bogo me parla d'un troupeau et de gens en marche, la même obsession m'empêcha de l'écouter.

Je ne compris les propos de mon chauffeur qu'au moment où, sur la grande piste médiane, s'étira la colonne des Masaï. Ils me rendirent enfin à la conscience de ce qui m'environnait.

J'avais souvent rencontré dans ma vie, et sous des cieux divers, des nomades en marche. Mais les plus déshérités et les plus humbles avaient toujours un bagage, si pauvre et primitif qu'il fût, et porté par des animaux de bât, au moins quelques bourricots exténués. Les Masaï, eux, allaient sans un paquet, sans un ballot, sans une toile pour les abriter, ni un ustensile pour préparer la nourriture, sans une charge, sans une entrave.

Le troupeau autour duquel s'ordonnait le convoi était composé d'une centaine de vaches maigres et chétives. L'épine dorsale et les côtes se dressaient sous leur peau avec autant de relief que sur un squelette. Et cette peau terne, lâche, était couverte de déchirures sanguinolentes aux lèvres desquelles se gorgeaient des essaims de mouches. Mais la tribu, ou plutôt le clan dont ce malheureux bétail était le bien unique, ne portait aucun des stigmates habituels de la misère : crainte, abêtissement, tristesse ou servilité. Ces femmes sous leurs cotonnades en guenilles, ces hommes dénudés plus que vêtus par le morceau d'étoffe jeté sur une épaule du côté où ils tenaient leur lance — tous, ils allaient les reins fermes, la nuque droite et le front orgueilleux. Des rires et des cris violents couraient le long de leur file. Personne au monde n'était aussi riche qu'eux, justement parce qu'ils ne possédaient rien et ne désiraient pas davantage.

La colonne des Masaï tenait toute la largeur du chemin. Il leur eût été facile, pour laisser passer notre voiture, d'aligner leur troupeau le long de la piste. Ils n'y songèrent pas. Bogo dut s'engager dans les plis de brousse pour remonter le convoi. A sa tête marchaient les jeunes guerriers du clan, trois *moranes* casqués de cheveux et d'argile rouges. Le premier des trois, le plus haut, le plus beau et le plus insolent était Oriounga.

Je me penchai à la portière et lui criai :

— *Kouahéri.*

Les enfants et quelques femmes qui venaient derrière le *morane* me rendirent joyeusement le salut rituel. Oriounga ne tourna pas la tête.

Je restai seul dans ma hutte jusqu'à la nuit. Je vidai complètement mes valises, rangeai leur contenu, installai mes livres, mes provisions. La durée de mon séjour dans le Parc royal, je ne la connaissais plus. Elle dépendait de King. Pouvais-je marchander au destin d'autres journées comme celle que je venais de vivre ?

Quand vint l'heure de me rendre, pour dîner, au bungalow de Bullit, je le fis avec appréhension. Je craignais d'y retrouver l'atmosphère de la veille : l'apprêt, la gaieté forcée, la tension nerveuse. Or, je m'aperçus dès le premier instant que cette crainte était vaine.

Sans doute Sybil était habillée pour le soir et Bullit avait plaqué ses cheveux roux et Patricia portait sa robe bleu marine et ses escarpins vernis et la salle à manger était éclairée aux chandelles. Mais tous ces attributs qui, le jour précédent, avaient composé un climat d'artifice et de malaise, donnèrent à cette nuit, par je ne sais quelle grâce, un tour facile, familier et charmant.

Sybil se garda bien de la moindre allusion à l'accès que, la veille, elle n'avait pas su maîtriser. A son naturel, on eût dit que cette crise ne laissait aucune trace dans sa mémoire. On eût dit également que, pour Sybil, les conventions appropriées au jeu de société étaient seulement nécessaires la première fois et que, ensuite, l'on pouvait revenir au ton le plus naturel. Elle me donna ainsi, et tout de suite, le sentiment qu'elle me traitait en ami.

Bullit me remercia avec une joie ingénue de lui avoir apporté une bouteille de whisky.

— J'étais justement à court, mon vieux, me dit-il à l'oreille. Entre nous, je force un peu la dose, je crois.

Quant à Patricia, très paisible et très douce, elle n'avait rien de commun avec la petite fille échevelée, effrénée, qui, sous l'arbre aux longues branches, imposait tous ses caprices au grand lion du Kilimandjaro.

Je m'interdis de penser à lui. Je redoutais que, dans la hantise où King me tenait, je ne vinsse tout à coup à prononcer son nom. Je me souvenais trop de l'effet qu'il avait eu sur Sybil.

A peine fûmes-nous à table, elle l'évoqua.

— J'ai su, dit Sybil en souriant, que Patricia vous a fait aujourd'hui les honneurs de notre Parc et vous a présenté son meilleur ami.

Ma surprise, devant un changement si complet, m'empêcha de croire qu'il s'agissait du lion.

— Vous voulez dire ?... demandai-je, en laissant par prudence la question inachevée.

— Mais King, voyons s'écria gaiement Sybil.

Puis elle me demanda avec une moquerie très légère et très tendre à l'adresse de Patricia :

— Vous l'avez trouvé beau, j'espère, et intelligent et magnifique ?

— Je n'ai rien vu de plus étonnant, dis-je, que le pouvoir de votre fille sur ce fauve.

Les yeux de Sybil gardèrent leur lumière paisible.

— Aujourd'hui, dit-elle, Patricia est revenue de bonne heure et nous avons pu continuer les leçons de ce matin.

— Je vous promets, je vous promets, maman, je serai un jour aussi savante que vous, dit Patricia avec ferveur. Et aussi bien habillée que votre amie Lise.

Sybil hocha doucement la tête.

— Cela ne sera pas aussi simple, chérie, dit-elle.

Patricia baissa à demi les paupières et les cils se rejoignirent si bien qu'il était impossible de voir l'expression de son regard.

— Il y a bien longtemps que je n'ai vu des photographies de vous, maman, et de Lise dans votre pension, dit Patricia. Est-ce que vous voudrez bien nous les montrer après le dîner ?

— Bien, Pat! Très bien! s'écria Bullit : regarde comme tu as fait plaisir à maman.

Les joues de Sybil, si ternes à l'ordinaire, s'étaient légèrement colorées. Elle me dit :

— Je serai très heureuse de vous faire voir ces vieilles images, même si elles vous ennuient un peu. Mais vous aurez une compensation. John a toute une collection sur King dans son jeune âge.

Sybil et sa fille n'échangèrent, dans ce moment, ni une parole, ni un regard. Avaient-elles même conscience que, tout le long de ce jour, elles avaient poursuivi un marché secret et subtil et négocié d'instinct une trêve, un compromis de bonheur?

Le repas achevé, Bullit et sa femme allèrent chercher leurs souvenirs.

Sybil revint la première, avec un grand album plat, relié d'une affreuse toile et dorée sur tranche.

— Ce n'est pas mon choix, dit Sybil. C'est un cadeau pour bonne conduite de la vieille dame qui dirigeait notre pension.

Un demi-sourire attendri reposait sur le visage de la jeune femme. Elle reconnaissait que son album était d'un goût horrible, mais elle aimait cette horreur même qui lui rappelait un temps qu'elle chérissait.

Malgré tout l'effort auquel je m'obligeai, il me fut impossible de dépasser la plus plate politesse devant des images insipides ou, au mieux, d'une niaiserie désarmante. Mais Patricia montra pour elles l'intérêt le plus vif. Était-ce l'effet de la ruse ou de l'affection? Ou bien, l'univers lointain, qui avait été celui de filles assez proches de Patricia par l'âge, exaltait-il vraiment chez elle l'imagination et la sensibilité?

Quoi qu'il en fût, simulacre ou non, la sincérité de Patricia semblait sans mélange. Elle s'écriait de plaisir, d'admiration. Elle écoutait, elle provoquait sans fin les commentaires de Sybil. Elle ne cessait de louer les traits, les coiffures, les vêtements, les rubans d'une pensionnaire qui, pour moi, ne différait guère des autres et qui, pourtant, était Lise Darbois.

Ce dialogue fut arrêté par le retour de Bullit. Il dit, en posant sur une table étroite et longue, une forte enveloppe bourrée de photographies :

— J'ai été un peu long, mais je ne savais plus, en vérité, où j'avais pu fourrer ces vieilleries.

Bullit fit glisser un premier jeu de clichés sur la table et les plaça l'un à côté de l'autre.

— Premier épisode, Messieurs-dames, dit-il. King en nourrice.

— Ne plaisantez pas, John, dit Sybil à mi-voix.

Elle était debout et penchée sur les photographies.

— Il y a si longtemps qu'elles ne sont pas sorties de leur tiroir, reprit la jeune femme. J'avais oublié comme c'était ravissant. Regardez !

Elle me tendit une dizaine d'images. On y voyait, tantôt pelotonné entre les bras grêles d'une fillette qui semblait être une petite sœur de Patricia, tantôt sur son épaule, tantôt sur ses genoux, tantôt accroché au biberon qu'elle lui donnait, on voyait le plus touchant petit animal qui se puisse imaginer, un peu pataud, les yeux mal ouverts, la tête carrée.

— C'est vraiment King ? demandai-je malgré moi.

Bullit fourragea dans ses cheveux qui avaient eu le temps de sécher et se dressèrent soudain en tous sens. Il dit, embarrassé par l'attendrissement qui enrouait sa voix déjà rauque :

— Même pour moi, il est difficile de croire que ce bout de bestiole...

— Je n'ai jamais rien vu d'aussi gentil, désarmé, aussi affectueux, murmura Sybil.

Seule, Patricia ne disait rien. D'ailleurs, elle ne regardait pas les photographies.

— J'aurais bien aimé le soigner alors, reprit Sybil, mais Patricia m'en a toujours empêchée. Si j'essayais de toucher le bébé-lion, elle avait des crises de colère épouvantables.

Pour un instant, le visage de Patricia, si paisible ce soir, retrouva la violence que je lui avais vue dans le cirque de brousse, sous l'arbre aux longues branches.

— King était à moi, dit-elle.

Je lui demandai très vite :

— Et là, qu'est-ce qui se passe ?

Il s'agissait d'une image où, d'un paquet de laine, émergeait la moitié d'un museau rond aux yeux clos et avec deux petites oreilles d'un dessin exquis.

— Il avait pris froid. Je l'ai mis dans mon sweater, dit Patricia.

Elle semblait sur le point de se détendre, mais comme j'allais lui poser une nouvelle question, elle dit sèchement :

— Excusez-moi, j'étais trop petite. J'ai oublié.

C'était faux. Je le savais par les confidences que Patricia m'avait faites alors qu'elle était couchée entre les pattes de King. L'enfance du lionceau, Patricia en gardait tous les détails dans sa mémoire. Mais elle ne voulait pas se souvenir des jours où il dépendait entièrement d'elle, alors que le grand fauve, en cet instant, loin de son atteinte, rôdait en pleine liberté dans la nuit africaine.

— Demandez tout ce qui vous intéresse à mon père. C'est lui qui a fait les photos, dit Patricia.

Elle alla rejoindre l'album relié en jaune citron. Sybil la rejoignit. Elles s'assirent dans le même fauteuil et engagèrent une conversation à voix très basse. Je pus donner — et c'était mon seul désir — une entière attention aux séries d'images que Bullit étalait l'une après l'autre.

Elles avaient été classées par lui suivant les dates

où il les avait prises. Si bien que je suivais d'étape en étape, comme dans un film au ralenti, et avec le sentiment de surprendre un secret de la vie animale, la transformation prodigieuse qui, du bébé-lion, bercé par une fillette, avait fait la bête magnifique de puissance et de majesté dont il me semblait que je voyais encore les larges yeux d'or sous la crinière royale.

Petit chat. Gros chat. Tout jeune lionceau. Fauve dans l'adolescence. Vrai lion, mais aux formes encore inachevées. Et King enfin, tel que je l'avais connu quelques heures auparavant.

— Et il n'a même pas fallu une année pour cela, dis-je en comparant les dates inscrites au revers de chaque photographie par la grande main de Bullit.

— Eh oui, dit-il. Ces bestioles poussent plus vite et plus fort que nous. Mais ça ne change pas leurs sentiments. Vous n'avez qu'à voir.

Le film continuait de se dérouler et il devenait malaisé d'y prêter foi.

Ce lion énorme, assis dans la Land Rover près de Bullit, ou à table entre lui et Patricia.

Ce fauve effrayant qui déchirait le *kiboko* avec lequel il venait d'être corrigé, mais qui ne grondait même pas contre son maître.

Et qui jouait avec les *rangers*.

Et léchait les mains de Sybil.

Je répétais comme un automate :

— Incroyable !... Incroyable !... Incroyable !

— En quoi ? dit enfin Bullit avec un peu d'agacement. Nous avons eu, à la ferme, quand j'étais enfant, un lion trouvé dans les mêmes conditions que le petit King. Pendant cinq ans, il n'a pas touché un être humain, blanc ou noir, pas un animal. Et quand mon père a été nommé à un poste en ville, et qu'il a fallu rendre notre lion à la brousse, nous avons dû auparavant lui apprendre à tuer.

— Et ça? demandai-je, et ça?

La photographie que je tenais montrait King dans une clairière en compagnie d'autres lions.

— Je l'ai surpris au cours d'une tournée, dit Bullit. Il s'amusait avec des copains. Cela lui arrivait souvent.

— Mais il revenait toujours, dit Patricia du fauteuil où elle était avec sa mère.

Elle avait une voix très dure.

Bullit ramassa négligemment les clichés et les jeta pêle-mêle dans leur enveloppe.

— Il est peut-être temps de faire la conversation aux dames, dit-il.

Sybil m'interrogea sur Paris et sur Londres, sur les derniers livres et les dernières pièces et les dernières robes et les derniers galas. De temps à autre, elle soupirait. Alors Patricia se pressait contre elle et Sybil caressait les cheveux coupés en boule. Quand elle faisait ce geste, je le voyais répété par une ombre confuse sur les rideaux tirés.

Bullit regardait sa femme et sa fille et aspirait avec béatitude la fumée d'un cigare très noir venu des Indes.

IV

Quand je retrouvai ma hutte, le groupe électro-gène avait déjà cessé de fonctionner. Mais un des serviteurs du camp avait placé la lampe tempête allumée sur la table de la véranda. Je m'installai près d'elle et me pris à rêver aux événements de la journée.

Mes nerfs étaient à vif. La soirée tranquille que je venais de passer dans le bungalow les avait, par un jeu singulier, éprouvés beaucoup plus que ne l'avaient fait les crises et les scènes presque hystéri-ques de la veille. Une paix et une douceur si unies, si étales ne répondaient pas, me disais-je, à la vérité des êtres réunis sous ce toit. Eaux faussement endormies, dangereuses, malsaines.

Comment accorder la tolérance de Sybil à l'égard de King et la détestation qu'elle montrait pour lui un jour plus tôt?

Et le comportement de Patricia devant l'album de sa mère à ses jeux déchaînés avec la bête fauve?

Le grand lion s'empara de mon esprit une fois de plus. Etait-ce lui que j'entendais gronder au fond de la nuit et de la brousse? Ou quelque lointain orage de chaleur? Ou ma propre obsession?

J'avais les nerfs à vif, et, à cause de cela, lorsque

Bullit surgit soudain, je compris et partageai la haine de Sybil pour les gens qui se déplaçaient en silence. La grande silhouette qui se dressa tout à coup devant le cercle lumineux projeté par la lampe faillit me faire crier d'effroi.

Bullit avait repris ses vêtements et ses bottes de travail, et ses cheveux étaient de nouveau une toison hirsute. Il tenait la bouteille de whisky, pleine encore à moitié, que je lui avais apportée.

— Je sais que vous en avez toute une caisse, dit-il, coupant court à ma protestation. Mais, ce soir, c'est bien celle-ci que nous devons finir ensemble. Elle a été trop bien entamée.

Chaque trait de son large visage exprimait, entièrement, massivement, l'amitié.

— Depuis longtemps, longtemps, la maison n'a pas connu de nuit aussi heureuse, reprit-il. Votre présence a calmé Sybil et la petite vous adore.

J'allai chercher deux verres avec empressement : quand j'étais seul avec Bullit, j'avais très envie d'alcool.

Nous buvions sans parler. Je sentais que mon compagnon trouvait autant que moi ce repos bienfaisant. Mais il me sembla que de nouveau un rugissement éloigné traversait la solitude nocturne. Bullit ne bougea pas. Sans doute, je m'étais trompé. Peut-être son indifférence venait de l'habitude. Je lui demandai :

— Pour quelle raison King est-il parti de chez vous ?

— Sybil, dit Bullit. Elle n'est pas née, elle n'a pas été élevée en Afrique Orientale. Il lui est devenu impossible de voir tout le temps la crinière, les crocs. Et cette masse qui traversait les pièces d'un seul bond pour me mettre les pattes de devant sur les épaules ou pour lui lécher la main. Et chaque fois que Pat se

roulait avec le lion dans l'herbe, Sybil était près de
s'évanouir. Elle a pris King en horreur. Et King,
comme de juste, l'a su. Il ne venait plus caresser
Sybil, ni se faire caresser par elle. Alors, elle a eu si
peur qu'elle a juré de retourner à Nairobi si je ne la
débarrassais pas de King. Moi, ça m'était égal qu'il
nous quitte. Mais il y avait Pat.

Bullit s'arrêta et je vis à son expression qu'il était
très pénible de continuer. Mais il me fallait à tout
prix connaître la fin de cette histoire à laquelle je
m'étais laissé prendre comme dans un piège. Et
Bullit, je le sentais, ne pouvait rien me refuser ce
soir. Je demandai avec insistance :

— Alors, qu'est-ce qui est arrivé ?

— Sybil et moi, dit Bullit, nous avons fait chacun
notre devoir. Le même matin, j'ai emmené King
dans ma voiture jusqu'au fin fond de ce Parc pour l'y
abandonner et Sybil a conduit la petite à Nairobi et
l'a laissée dans la meilleure pension de la ville. (Bullit
eut un lourd soupir.) Vous savez que nous avons dû
reprendre Patricia très vite ?

— Je le sais.

— Eh bien, dit Bullit, en donnant avec le fond de
son verre un léger coup sur la table, eh bien, le
lendemain du jour où la petite est rentrée, King était
devant le bungalow et ils se roulaient ensemble dans
la clairière.

Bullit fit une très longue pause avant de poursuivre :

— Sybil m'a supplié d'abattre le lion. Il faut la
comprendre. Mais est-ce que je pouvais ? Ma fille,
déjà, me pardonne mal d'avoir fait tant de massacres
avant sa naissance.

Bullit leva sur moi son regard pesant et dit :

— Si j'avais eu le sang de King sur les mains...
vous vous rendez compte...

143

Le grand tueur de bêtes ferma les yeux et frissonna :

— Et alors ? demandai-je.

— Alors, dit Bullit en haussant les épaules, on est arrivé à un compromis. Pat et moi nous avons trouvé l'arbre que vous avez vu ce matin avec elle. Et quand le jour suivant King est revenu au bungalow, nous y avons été ensemble tous les trois. Et la petite a expliqué à King que là serait le lieu de leurs rendez-vous. Elle le lui a fait comprendre... sentir... Enfin, vous voyez ce que je veux dire. Elle peut tout sur lui. Vous le savez maintenant.

— En effet, dis-je.

— Le lion m'aimait aussi, dit Bullit. Autrefois, quand je revenais d'inspection, il flairait ma voiture à des milles et des milles de distance et courait à ma rencontre. Cela lui arrive encore aujourd'hui... Je le vois venir tout à coup pour me faire fête, dans une savane perdue. Mais la petite, c'est tout autre chose. Il a connu sa peau en même temps qu'il a connu la vie. Il est à elle pour toujours.

Bullit versa dans son verre ce qui restait de whisky dans la bouteille, vida son verre et se leva.

— Un instant encore, dis-je. Est-ce que King a lionne et lionceaux ?

Les yeux de Bullit étaient couverts d'un réseau de fibrilles rouges.

— Je bois trop, dit-il comme s'il n'avait pas entendu ma question. Je vous souhaite un bon sommeil.

Il descendit le perron lourdement, mais sans bruit.

Je ne traînai pas sur la véranda et me dirigeai vers ma chambre. En poussant la porte, j'aperçus le petit singe Nicolas assis au bord de mon oreiller et Patricia allongée sur mon lit, dans un pyjama de coton rose.

Ma stupeur la fit rire de son rire le plus enfantin.

144

Elle se leva d'un bond. Le haut de son léger vêtement s'entrouvrit. Sous le cou hâlé, la peau était d'une pâleur, d'une tendresse pathétiques.

— Je suis sortie de chez moi par la fenêtre et suis entrée chez vous de la même façon, dit la petite fille. Il fallait bien. Je donne déjà trop de soucis à mes parents le jour.

Je me demandai si Kihoro surveillait Patricia également de nuit. Mais elle continuait déjà :

— C'est pourquoi je m'en vais tout de suite. Je voulais seulement vous dire de vous réveiller très tôt demain. On ira voir les Masaï installer leur *manyatta*... leur camp. C'est très drôle, vous verrez.

Les Masaï... J'eus l'impression de voir flamboyer la chevelure d'Oriounga le *morane*.

— D'accord ? A l'aube ? demanda Patricia.

Je répondis :

— A l'aube.

Le petit singe et la petite fille s'envolèrent par la fenêtre.

V

C'était dans la zone la plus dénuée de la Réserve que le vieil Ol'Kalou et Oriounga avaient cherché un site pour le séjour de leur clan. Les Masaï, fils des grands espaces arides, se méfient des terres boisées. Le culte des arbres, la religion des forêts sont contraires à l'instinct de leur peuple. Aussi le choix d'Ol'Kalou et d'Oriounga s'était-il porté, au voisinage d'un point d'eau, sur une petite éminence qui dominait de loin la plaine rase et sèche.

Aucune piste ne menait au lieu de campement. Mais le terrain permettait à une voiture d'en approcher. Si bien que, au lever du jour, nous fûmes en vue de la colline pelée sur laquelle se dessinaient des silhouettes noires.

— Les voilà, les voilà ! s'écria Patricia, penchée à moitié hors de la portière. Et nous sommes à temps.

Elle retomba près de moi et dit en riant :

— Regardez nos deux Noirs, ils ne sont pas contents. Vous savez pourquoi ?

— Bogo a peur.

— Naturellement, c'est un Kikouyou de grande ville, dit Patricia avec dédain.

— Et Kihoro ?

146

— Oh ! lui, il ne craint pas les Masaï. Il est furieux contre eux. Il voudrait les tuer tous.

Elle prit le ton un peu supérieur qu'elle adoptait à l'ordinaire pour éclairer mon ignorance.

— Kihoro appartient aux Wakamba et ce sont des gens très braves. Et ils ont toujours été en guerre avec les Masaï. Et aujourd'hui encore, malgré les lois du gouvernement, ils se battent quelquefois à mort. Leurs territoires se touchent, vous comprenez.

Patricia se pencha sur la banquette avant où se tenait le vieux trappeur borgne et lui chuchota quelques mots dans sa langue natale. Kihoro montra ses gencives ébréchées dans un rictus féroce et tapota son fusil.

— Pourquoi l'excitez-vous ? demandai-je à la petite fille.

— Pour le rendre enragé, dangereux, dit-elle. Et quand il le sera trop, alors je le ferai tenir tranquille. C'est un jeu.

— Mais lui ne le sait pas, dis-je.

— Naturellement qu'il ne le sait pas, s'écria Patricia. Sans quoi il n'y aurait pas de jeu.

Kihoro le borgne.

King le grand lion.

Avec quel partenaire nouveau et à quelles frontières Patricia allait-elle un jour mener le jeu ?

Nous étions au pied du monticule. Patricia bondit de la voiture avant qu'elle fût complètement arrêtée.

Le soleil se levait dans sa gloire de brousse, mais une odeur épaisse d'étable mal tenue, de purin, infectait l'air si léger de l'aurore.

— Venez vite, me cria Patricia. Ils commencent.

Elle m'entraîna le long de la faible pente jusqu'au sommet de l'éminence. Le sol en était plat et avait la forme d'un ovale grossier. Sur son pourtour étaient plantées des barrières d'épineux en deux rangées, traversées par des chicanes. A l'intérieur de l'enceinte, s'étalait une masse jaunâtre, dense, gluante et d'une senteur ignoble. C'était de la bouse de vache à demi liquide.

Des hommes, des femmes et des enfants noirs trituraient, piétinaient, malaxaient, brassaient cette immonde matière afin de lui donner un peu plus de consistance. Patricia s'adressa à eux dans leur propre langue. La surprise de l'entendre chez une petite fille blanche saisit d'abord ces figures farouches. Puis même les plus fermées, les plus cruelles prirent une expression adoucie. Les femmes poussèrent des rires aigus et les enfants des cris de joie.

Je cherchai des yeux Oriounga, mais ne vis aucun des trois *moranes*. Le vieil Ol'Kalou cependant était là. Je le saluai. Il me reconnut et dit :

— *Kouahéri.*

Puis il fit signe aux siens de reprendre leur tâche.

La vague fétide se répandit plus forte, plus épaisse. Je reculai instinctivement et retins ma respiration. Mais Patricia n'était pas le moins du monde incommodée. Cette petite fille qui, la veille, avait laissé derrière elle, lorsqu'elle avait quitté ma hutte, un délicat sillage de savon et d'eau de lavande (on pouvait encore le sentir sur elle), cette petite fille à l'odorat si subtil qu'elle reconnaissait chaque effluve et chaque fragrance de brousse, était en train de humer, les yeux brillants de plaisir, l'odeur répugnante. Elle ressemblait à ces enfants nés, élevés dans un château, mais qui ont grandi avec ceux de la ferme et qui prennent plus de joie aux soins les plus rebutants des écuries et des étables qu'aux divertissements de leur condition.

— Ils sont vraiment malins, vous savez, les Masaï, dit Patricia qui voulait me faire partager son exaltation. Ils sont vraiment intelligents. Faire des maisons

148

avec de la bouse de vache! Vous comprenez : ils ne vivent jamais à la même place, ils n'ont pas une pelle, pas un outil, rien. Alors, ils ont inventé ça. Leur troupeau reste tout un jour, toute une nuit là où ils veulent camper. Après, ils pétrissent, ils préparent.

— Et après? demandai-je.

— Vous allez voir, dit Patricia. Tenez, ils commencent.

Quelques hommes dressaient autour de la mare gluante des claies couronnées par des arceaux de branchages qui, grâce à leurs épines, s'accrochaient les unes aux autres. Elles s'infléchissaient en ovale, selon le dessin du terre-plein qui dominait la petite colline. En très peu de temps une tonnelle ajourée courut le long de la plate-forme. Elle était très basse (elle n'arrivait qu'à mi-corps de ceux qui la plantaient) et toute hérissée de ronces.

Maintenant! Maintenant! cria Patricia. Regardez!

Le vieil Ol'Kalou avait donné un ordre. Et tous, hommes, femmes et enfants s'étaient mis, certains avec leurs paumes, certains avec des outres qui servaient à l'ordinaire pour le lait et pour l'eau à puiser la matière molle et tiède qu'ils avaient pétrie et à la répandre sur les branchages qu'ils avaient façonnés. Cette pâte brunâtre encore liquide et d'une pestilence affreuse coulait, s'égouttait, s'agglutinait le long des claies et devenait un mur, collait aux arceaux et formait un toit. Et les hommes, les femmes, les enfants consolidaient ces premiers éléments aussi vite qu'il leur était possible en les arrosant, les épaississant par de nouveaux jets de bouse malaxée.

— Le soleil en quelques heures va tout durcir. N'est-ce pas merveilleux? dit Patricia.

Bien que le matin fût encore très frais, de grosses

mouches arrivaient en essaims pressés, bourdon-
nants.

— Partons, il n'y a plus rien à voir, dis-je à
Patricia.

— Un instant, je vous en prie, je m'amuse trop !
s'écria-t-elle.

Des fillettes masaï l'assaillaient de bavardages et
de rires.

Patricia revint à moi en courant.

— Écoutez, écoutez, dit-elle. Ces filles croyaient
que nous étions mariés !

— Qui ?

— Mais vous et moi, dit Patricia.

Elle fit une pause pour bien jouir de mon étonnement. Puis elle voulut bien m'expliquer :

— Ces petites ne sont pas plus âgées que moi, et
beaucoup d'entre elles sont déjà mariées. C'est
comme ça chez les Masaï. Les autres attendent pour
être épousées que les jeunes hommes du clan aient
fini leur temps de *morane*.

— Et où sont les *moranes* ?

— Là, dit Patricia.

Elle me conduisit au bord de la plate-forme opposé
à celui par où nous étions venus. Au pied de
l'éminence et caché par elle, le troupeau des Masaï se
trouvait enfermé dans une enceinte d'épineux au
dessin carré. Parmi le bétail, on voyait briller, sous
les feux du soleil levant, trois lances et trois chevelures cuivrées.

— On descend, décida Patricia.

Les *moranes* achevaient de masser le troupeau
contre un panneau mobile fait de branches griffues
qui donnait accès dans l'enclos. Patricia contemplait,
immobile, les jeunes hommes. Eux, il ne daignaient
pas nous accorder la moindre attention. Les yeux de
la petite fille avaient une expression sérieuse et

150

lointaine qui me rappela la façon qu'elle avait eue de regarder les bêtes le matin où je l'avais rencontrée.

— Dans le temps, dit Patricia d'une voix basse, et comme enrouée, un *morane,* avant d'être un homme et avoir droit à une femme, devait tuer un lion. Et pas de loin et pas avec un gros fusil... Avec sa lance et son coutelas.

Le bétail maintenant était rangé, prêt à sortir de l'enceinte. Mais les jeunes hommes n'enlevaient pas encore le panneau qui en fermait l'entrée. Chacun d'eux s'approcha d'une vache et chacun, de la pointe effilée de sa lance, fit une incision très mince au cou de l'animal. Et chacun colla sa bouche à la blessure fraîche pour y boire à longs traits. Puis ils appliquèrent une main sur l'entaille et attendirent qu'elle se refermât. Les vaches n'avaient même pas gémi.

— Voilà toute leur nourriture, dit Patricia. Le soir, le lait. Le matin, le sang.

Le panneau de ronces fut enlevé. Le troupeau prit le chemin du pâturage. Oriounga le menait. Quand il passa près de nous, il lécha le filet rouge qui tachait sa lèvre brune et laissa couler sur Patricia un regard dédaigneux et brûlant. Puis, il s'éloigna, superbe comme un demi-dieu, lui qui, pour se nourrir et s'abriter, ne disposait au monde que du lait, du sang et de la bouse de vaches efflanquées.

Patricia était silencieuse.

— Nous allons à la voiture ? lui demandai-je.

— Si vous voulez, dit-elle.

Nous fîmes le tour de l'éminence. Sur sa plate-forme, la *manyatta* s'achevait. Si je ne l'avais pas vu construire, il est possible que je ne l'eusse point remarquée. La barrière d'épineux qui l'entourait se confondait avec les touffes et les buissons de ronces dont les flancs de la petite colline étaient semés. Quant à la *manyatta* même, guère plus haute que les haies griffues et à laquelle le soleil donnait déjà la couleur de la terre brûlée, cette sorte de chenille brunâtre et refermée sur elle-même pouvait passer pour une ondulation de la brousse.

Je me souviens alors d'avoir aperçu plus d'une fois sur les éminences qui bosselaient les plaines des murs pareils à ceux-là qui tombaient en miettes. Je n'en avais pas soupçonné l'origine.

Maintenant que je ne subissais plus l'assaut des mouches et que l'odeur s'évaporait au-dessus de ma tête, je comprenais mieux l'admiration qu'avait montrée Patricia pour ces branchages et ces arceaux sur lesquels coulait la bouse épaissie. Quelle ingéniosité dans le dénuement ! Comme elle protégeait bien les

Masaï contre les seuls ennemis qu'ils redoutaient en ce monde : l'enracinement, l'attachement, la pesanteur. La *manyatta,* abri sans durée, refuge sans consistance, si aisé à bâtir, si léger à quitter, si prompt à se dissoudre, il n'était point, pour des passants éternels, de plus belle demeure.

Kihoro, son bassin rompu appuyé contre l'automobile, son fusil dégagé de l'épaule, surveillait la *manyatta* de son œil unique. Patricia ne lui adressa pas une parole et, même, ne sembla pas le voir.

Quand nous eûmes tous repris nos places à l'intérieur de la voiture, ce fut vers la petite fille et non vers moi que Bogo tourna la tête pour recevoir des ordres. Mais Patricia ne remarqua pas ce mouvement ou refusa de montrer qu'elle l'avait vu. Bogo, alors, choisit de reprendre en sens contraire le chemin par lequel nous étions arrivés.

Patricia, les paupières closes, paraissait engourdie. Mais je la connaissais trop bien à présent pour m'y laisser tromper. Sous le couvert de l'indifférence, elle réfléchissait intensément.

Devant nous, à faible distance, une mouvante traînée de poussière enveloppait le bétail des Masaï en marche. Quand nous l'eûmes atteint, Bogo le contourna de loin. Sur chaque flanc du troupeau et au-dessus de la poudre soulevée de terre flamboyait la chevelure d'un *morane.* En tête, et comme nimbé par un nuage, avançait le casque natté d'Oriounga.

Patricia entrouvit les yeux. Je crus qu'elle pensait au plus beau, au plus sauvage des trois jeunes hommes. Je me trompais. Elle pensait au sang qu'il avait bu. Elle dit en effet :

— Quand j'ai commencé à donner à King sa viande crue, il la dévorait avec tant de bruit, tant de plaisir que j'ai voulu y goûter. Ce n'était pas bon. Plus tard, Kihoro allait en dehors du Parc avec son fusil chercher la nourriture du lion. J'étais toujours là quand il mangeait. Et puis King a chassé lui-même. D'abord il rapportait la gazelle ou l'antilope dans sa gueule près de la maison. Mais maman ne voulait pas. C'est alors que mon père a dû corriger King et que lui, après, il déchirait le *kiboko.*

A ce souvenir, Patricia eut un rire léger. Mais son visage reprit aussitôt l'expression de gravité, presque la sévérité qui la vieillissait singulièrement.

— C'est quand il léchait le sang sur ses babines que mon lion semblait le plus heureux, dit Patricia. Alors, plusieurs fois j'ai essayé. J'ai trempé mon doigt et je l'ai léché. Ce n'était pas bon.

Patricia se tourna vers l'arrière de la voiture. Mais on ne voyait plus rien du troupeau et de son conducteur. La poussière même n'était plus qu'une mince colonne qu'on discernait à peine.

— L'envie m'est passée depuis longtemps, reprit Patricia. Mais le *morane,* tout à l'heure, a léché le sang sur sa lèvre. Vous avez vu... Ça m'a rappelé King et, un moment, j'ai eu envie de nouveau. C'est bête.

Patricia secoua le front et ses cheveux dansèrent.

— Les Masaï, eux, ils boivent le sang des vaches depuis qu'ils sont tout petits, dit-elle. Ils ont l'habitude, comme les animaux qui tuent pour manger.

Nous avions quitté la savane où les Masaï avaient leur *manyatta* et leurs pâturages et nous roulions au gré du terrain carrossable, tantôt entre des massifs, tantôt à travers des clairières, tantôt au pied de collines boisées. Patricia, le menton posé contre le rebord de la portière, surveillait les animaux qui semblaient se multiplier autour de nous. Même en ces lieux privilégiés, leur abondance était surprenante.

154

— C'est l'heure où les bêtes reviennent de boire, dit Patricia. Les unes vont brouter, se promener...

Les douces lèvres de la petite fille et les ailes si fines de son nez frémirent en même temps. Elle ajouta :

— Les autres chassent.

Elle saisit l'épaule de Bogo et ordonna :

— Allez aussi lentement que possible.

Puis, elle me dit :

— Une voiture qui fait peu de bruit et ne va pas vite, les bêtes n'y font pas attention. Elles pensent que c'est une autre bête. Demandez à mon père. Il ne se rappelle pas qu'un lion ou un éléphant ou un rhino ou un buffle en colère ait chargé une automobile, même quand il y a des gens dedans.

— Vous entendez, Bogo ? demandai-je.

— Parfaitement, Monsieur, dit le chauffeur.

Sur le profit qu'il me présentait en conduisant, je vis se défroisser les plis de sa peau. C'était sa façon de sourire.

— Ne parlez plus, dit à mi-voix Patricia.

Le visage à la fenêtre elle épiait la brousse.

Après un long parcours dans une zone plate et nue où s'ébattaient et galopaient des zèbres par troupeaux entiers, notre voiture avait pris une manière de piste naturelle qui serpentait au pied d'une faible ondulation de terrain couverte d'arbustes.

— Stop ! chuchota Patricia.

Elle appuya sur la poignée de la portière, tout doucement, par pressions répétées, insensibles.

Puis elle me fit signe de ne pas bouger et se laissa glisser au sol. Le torse de Kihoro se déplaça d'une façon à peine perceptible, mais les deux canons de son fusil se trouvèrent pointés dans la direction que prenait la petite fille.

Elle avançait d'un pas silencieux vers deux buissons très drus, séparés par un mince couloir. Soudain Patricia suspendit tout mouvement. Le fusil de Kihoro bougea de l'épaisseur d'un fil sur ses genoux. Une tête de félin venait d'apparaître entre les deux buissons. Une tête effilée, d'un dessin exquis, à la peau claire égayée de taches fauves, mais dont les babines se retroussaient sur des crocs redoutables et dont la gorge était toute frémissante d'un grondement meurtrier.

La bête se porta un peu en avant. Elle avait un museau et un poitrail minces, des pattes longues, un col plus arrondi et des taches plus petites et moins sombres qu'une panthère ou un léopard. C'était un guépard de forte taille. Patricia le regardait droit dans les yeux et sans plus remuer que si elle avait été une petite statue de bois oubliée dans la brousse. Au bout d'un temps qui me parut très long, le grand félin fit un pas en arrière et la petite fille un pas en avant. Puis il furent de nouveau immobiles. Le guépard recula d'une foulée et Patricia avança de la même distance. Les buissons les cachèrent.

Kihoro allait-il suivre l'enfant dont il avait la charge ? Il laissa le fusil reposer sur ses genoux et ferma son œil unique. Il savait reconnaître, lui, l'instant exact où le pouvoir de Patricia la protégeait mieux qu'une balle.

Je poussai la portière que la petite fille avait laissée ouverte, descendis de voiture, et, me haussant sur la pointe des pieds, jetai un regard par-dessus les buissons. Il y avait là une carcasse qui avait la forme et la taille d'un jeune poulain et dont la peau blanche était striée de rayures noires. Près d'elle jouaient deux chats couleur crème et comme poudrés de confettis bruns, deux chats les plus vifs, les plus gracieux, les plus nobles que l'on pût rêver. Ils se donnaient des coups de patte, des coups de tête, se poursuivaient, se culbutaient. Entre leurs jeux, les petits guépards venaient donner un coup de dent à la carcasse du petit zèbre.

Les buissons dissimulaient Patricia et le grand félin. Pour quels échanges ? Quels entretiens ?

Quand Patricia, enfin, me rejoignit, je lui demandai :

— Pourquoi n'avez-vous pas une ou deux de ces bêtes chez vous ? On m'assure qu'elles s'apprivoisent à merveille.

La petite fille me considéra avec stupeur et dédain :

— Des guépards ! Quand j'ai eu King !

Patricia répéta doucement :

— King...

Une résolution violente, presque sauvage, saisit, tendit ses traits. J'étais incapable d'en deviner la nature, mais je pris peur.

— Rentrons, dis-je. Vous m'avez fait lever avant le jour. Et puis, la bouse de la *manyatta...* les mouches... j'ai bien envie d'un bain.

— Rentrez si vous voulez, dit Patricia. Mais sans moi.

Que faire sinon rester avec elle ?

La petite fille se pencha sur Kihoro pour lui parler à l'oreille. C'est la première fois que je vis le pisteur borgne secouer son visage sillonné de cicatrices dans un signe de refus. Patricia lui parla plus vite et plus fort. Il inclina la tête. Si elle lui avait tenu les mêmes propos qu'à moi, que pouvait Kihoro, sinon accepter ?

Et quelle autre ressource restait-il à Bogo que d'obéir aux ordres et aux signes par lesquels le vieux pisteur borgne lui montra la nouvelle course que nous avions à suivre ? Celle qu'avait exigée Patricia.

Très peu d'hommes à coup sûr, qu'ils fussent

blancs ou noirs, s'étaient aventurés là où nous mena Kihoro. Et seul avant nous, Bullit dans sa Land Rover avait traversé en voiture ces grands espaces libres et secrets, ce fief des bêtes sauvages.

Profonds vallonnements... Jungle sèche et craquante... Immenses perspectives qui glissaient vers des taillis mystérieux. Tantôt on apercevait le sommet du Kilimandjaro... Tantôt les branches hérissées de dards crissaient contre le métal de l'automobile... Mais sans cesse et partout on voyait, on entendait, on sentait (galops, bonds, fuites, hennissements, plaintes, grondements, barrissements) vivre les animaux dans leur instinct essentiel. C'était pour les plus menus et les plus colossaux, les plus innocents et les plus carnassiers, l'heure où ils cherchaient nourriture.

Kihoro fit signe à Bogo de s'arrêter. Nous étions alors entre deux massifs qui nous masquaient entièrement. Je quittai la voiture avec le vieux trappeur et Patricia. Le visage de Bogo était couvert par la sueur de l'effroi et ses goutelettes mêmes semblaient grises. Il me fit pitié. Je m'attardai pour lui dire :

— Vous n'avez rien à craindre. Rappelez-vous les paroles de la petite fille blanche.

— J'essaierai, Monsieur, dit Bogo humblement.

Patricia et Kihoro n'avaient sur moi qu'un instant d'avance. Mais ils étaient si prompts, légers et silencieux à glisser, à filer de couvert en couvert qu'ils ne laissaient dans leur sillage ni un son ni une ombre. Tout près de moi et pourtant aussi éloignés, inaccessibles que s'ils avaient été à des lieues. Et comment les découvrir dans ce labyrinthe lacérant ? Par bonheur, Patricia, irritée sans doute de m'entendre piétiner ronces et brindilles, signala d'un léger sifflement sa présence. Je la retrouvai blottie au creux d'un buisson et seule.

Je chuchotai :

— Kihoro ?

Patricia tendit la main vers l'espace que l'on voyait à travers les rameaux hérissés d'épines, une longue plaine, mollement ondulée, herbue et coupée de fourrés.

— Pourquoi ? demandai-je.

Patricia répondit de sa voix clandestine :

— Il connaît les terrains de chasse de toutes les bêtes... Alors...

Elle s'arrêta parce que venait de s'élever et s'étirait, semblait-il pour l'éternité un long appel qui tenait d'un cri et d'un chant barbare. J'eus un mouvement pour me lever, regarder. Patricia me retint par la manche.

L'appel cessa, reprit, se brisa et traîna de nouveau.

— Par ici, murmura Patricia.

Je me penchai entre deux branches. Leurs épines me griffaient les mains, le front. Mais qu'importait ! Je voyais Kihoro adossé contre un acacia isolé dans la plaine et vers lui, crinière au vent, accourait par bonds énormes un énorme lion. Et c'était King.

Quand il fut au terme de sa course, il se dressa de toute sa taille et posa les pattes de devant sur les épaules de l'homme qui l'avait appelé.

Kihoro a trouvé, sauvé King, tout petit, tout perdu, murmura Patricia. King ne l'a pas oublié.

Kihoro pressa un instant son visage mutilé contre le mufle du lion, puis il le prit par la crinière et le mena jusqu'au fourré qui nous abritait.

King me renifla, me reconnut. Alors, il fit fête à Patricia, mais sans le moindre bruit.

— C'est l'heure de la chasse, me dit la petite fille.

Je ne demandai pas d'explications. Tout maintenant me paraissait possible, naturel. J'avais franchi la grande frontière. J'étais passé dans l'univers de Patricia, de Kihoro, de King.

Le vieux trappeur borgne nous quitta. Patricia, la main accrochée à la crinière du grand lion, le garda près d'elle. Et moi je savais — mais par quelle connaissance ? — que le Noir qui avait été autrefois l'un des meilleurs rabatteurs de l'Afrique Orientale reprenait son ancien métier. Et que, cette fois, il ne travaillait pas au profit de l'homme.

L'attente fut longue. Par contre, tout ensuite se déroula à une vitesse stupéfiante.

Un ululement suraigu retentit et un autre et un autre encore. Ils semblaient venir de tous côtés en même temps et emplir tout l'espace de leur stridence. Un troupeau de buffles qui broutait au fond de la plaine s'ébranla, terrifié, et se dispersa en tous sens. Derrière l'un d'eux venait Kihoro. Par ses clameurs sauvages, il le dirigeait vers notre abri. Le buffle passa le long du fourré, grondant, naseaux écumeux et martelant le sol de ses sabots. Patricia alors ôta sa main de la crinière de King et fit entendre ce hissement dont je me souvenais si bien et qui avait failli jeter le grand lion contre moi. King, d'une seule détente, s'envola par-dessus le fourré. Et soudain j'eus devant les yeux l'image même que j'avais vue dans un des livres où j'avais appris à lire et qui avait hanté toute mon enfance : un buffle lancé dans un galop frénétique, avec, pour cavalier, un lion dont les crocs labouraient sa nuque bossue.

Le couple fabuleux avait disparu dans les fourrés et la poussière. Kihoro nous avait rejoints. Mais Patricia tenait encore son regard fixé du côté où le buffle avait emporté King accroché à ses flancs. Aucun des traits de Patricia ne rappelait ceux de son père. Mais combien ils se ressemblaient tous deux en cet instant ! Ou plutôt, comme je retrouvais sur le visage tendre et lisse de la petite fille l'expression même qu'avait Bullit quand il revivait avec souffrance et passion le temps où il tuait sans merci ni répit !

Patricia mit soudain une oreille contre le sol, écouta...

— Fini, dit-elle en se relevant.

Je vis en pensée la chute du buffle vidé de son sang.

— Vous qui aimez tant les bêtes, dis-je à Patricia, vous n'avez pas de peine pour celle-là ?

La petite fille me considéra avec étonnement et répondit :

— Il faut bien que les lions mangent pour vivre.

Je me souvins des petits guépards qui se nourrissaient à la carcasse du zèbre.

— C'est vrai, dis-je. Et King doit avoir une famille.

Patricia devint d'un seul coup toute blanche et toute raide. Sa bouche prit une inflexion pitoyable. Je crus qu'elle allait gémir. Mais elle se contint et fixa sur moi un regard où je ne pus rien déchiffrer.

— Pourquoi pas ? dit-elle.

Nous fîmes en silence le chemin jusqu'à la voiture.

VII

Je pris un bain très chaud et si long que Bullit m'y trouva endormi à moitié.

— Ah! ah! s'écria-t-il, tous les parfums de la *manyatta,* pas vrai?

Son rire d'enfant et d'ogre emplit la hutte. Après quoi il dit :

— Je vous tiendrais bien compagnie pour la désinfection intérieure.

Nous en étions seulement à notre premier whisky lorsque des voix furieuses retentirent derrière les épineux les plus proches de mon logement. Bullit prêta l'oreille.

— Des Wakamba, je pense, dit-il.

Une dizaine de Noirs, drapés dans des cotonnades en guenilles, pieds nus, mais armés de lances et de coutelas, débouchèrent devant le perron. Des *rangers* les encadraient.

Bullit s'avança sur la plus haute marche. Les Wakamba l'assaillirent de cris en agitant leurs armes.

— De purs sauvages, me dit Bullit en souriant. Ils ne parlent même pas le swahili. Et des dialectes indigènes, je ne connais que celui-là. Il faut que j'envoie chercher Kihoro. Il est de leur tribu.

Le vieux pisteur borgne parut comme par enchantement devant la hutte. Il se mit à parler avec une telle violence que le sang afflua à son œil mort et le couvrit d'une taie rouge.

— On ne peut jamais être tranquille dans ce maudit Parc, grommela Bullit. Voilà qu'ils accusent les Masaï de leur avoir volé des vaches. Et Kihoro est avec eux. Je dois y aller tout de suite. Sinon ils iront sans moi. Et alors…

Bullit leva les bras vers l'auvent de la véranda qu'il toucha presque, les rabattit, vida son verre et me dit :

— Vous venez ? Ce ne sera pas long.

Nous montâmes à six dans la Land Rover. Le plus âgé des Wakamba et deux *rangers* se mirent à l'arrière. Je m'assis entre Bullit et Kihoro à l'avant. Les *rangers* étaient les seuls à porter le fusil. Bullit avait défendu à Kihoro de prendre le sien.

— Il descendrait tous les Masaï avec volupté, me dit le géant roux en riant de grand cœur.

Bullit conduisait très bien, très vite et fonçait droit devant lui. Sa voiture tout terrain avait des possibilités interdites à la mienne. Nous fûmes en vue de la *manyatta* beaucoup plus vite que je ne l'avais pensé.

— Vous voyez, ça n'a pas été long, dit Bullit en sautant à terre. Et l'affaire elle-même ne durera pas davantage. Il faut rendre cette justice aux Masaï : parmi tous les Noirs, et quoi qu'il puisse leur en coûter, ils sont les seuls assez fiers pour ne jamais mentir.

Sur l'étrange abri qui couronnait la petite colline, le grand soleil avait déjà rempli son office. Les murs étaient asséchés. Le toit également. Et l'odeur même, comme aspirée par la chaleur, était devenue à peu près supportable. La *manyatta* ressemblait maintenant à un tunnel circulaire, divisé par des cloisons en cellules toutes pareilles, dont chacune avait une seule ouverture à mêle la paroi.

Cc fut dans l'une d'elles que Bullit trouva, étendu sur le sol, le vieil Ol'Kalou. L'une des vingt blessures que les griffes d'un lion lui avaient faites un demi-siècle auparavant s'était rouverte une fois de plus à cause de l'effort qu'il avait dû fournir pour pétrir la bouse de vache et la répandre sur les murs de la *manyatta.* Mais dès qu'il vit le maître du Parc royal, le vieux chef du clan masaï se leva en serrant autour de son ventre un chiffon ensanglanté. Ce qu'il faisait n'était pas dû au respect qu'il avait pour Bullit mais pour lui-même.

Le plafond voûté se trouvait à si faible distance du sol qu'il obligeait l'habitant de la taille la plus ordinaire à baisser la tête. Ol'Kalou et Bullit, très grands l'un et l'autre, eurent à commencer leur entretien — en swahili — pliés en deux. Après quelques mots, n'y tenant plus, ils sortirent.

Je restai seul pour m'imprégner de la nudité de cette demeure. Il était impossible d'en trouver une qui fût aussi démunie de ce qui sert à l'homme. Elle ne contenait rien. Ni l'âtre le plus primitif, ni le moindre objet, ni la plus humble besace, ni la natte la plus pauvre, ni le plus élémentaire ustensile pour préparer une nourriture ou la consommer. Rien.

Dehors, au milieu du rond-point dessiné par les murs de la *manyatta,* les Masaï entouraient Bullit et Ol'Kalou et approuvaient les propos de leur vieux chef qui s'appuyait lourdement sur sa lance.

— Il vient avec nous au pâturage, me dit Bullit. Il sait que les *moranes,* en traversant le territoire des Wakamba avant de pénétrer dans le Parc, ont en effet emmené quelques vaches. Mais combien et lesquelles, il ne s'en est pas occupé. C'est l'affaire des *moranes.*

La voiture de Bullit nous porta rapidement jusqu'au pâturage où un bétail misérable cherchait sa pitance dans l'herbe sèche et les épines.

Oriounga et ses deux compagnons, assis sur les talons, à l'ombre d'un acacia nain mais largement branchu, surveillaient le troupeau. Leurs lances étaient fichées au sol, à portée de la main.

Aucun d'eux ne se leva à notre approche. Aucune des têtes casquées de cheveux et d'argiles rouges ne daigna remuer quand l'homme des Wakamba désigna en hurlant deux bêtes qui paissaient non loin.

Ol'Kalou posa une question à Oriounga.

Le *morane* nonchalemment fit non de la tête.

— Bon Dieu ! L'impudent bâtard ! s'écria Bullit. (La colère fit monter un flot de sang à son visage massif.) Il nie avoir volé ces deux vaches. Bon Dieu ! c'est la première fois que je rencontre un Masaï qui ment.

Mais Oriounga laissa tomber avec paresse quelques mots de ses lèvres dédaigneuses. Ol'Kalou les traduisit pour Bullit et Bullit siffla légèrement sans bien s'en rendre compte. Et il grommela avec une singulière nuance d'estime dans la voix :

— L'impudent bâtard ! Ce n'est pas vrai, dit-il, qu'ils ont pris *deux* vaches parce que la vérité c'est qu'ils en ont volé *trois*.

La dernière bête enlevée aux Wakamba broutait derrière un buisson qui l'avait cachée jusque-là. Elle fut réunie aux deux autres. Après des vociférations et des menaces et des sarcasmes et des cris de triomphe à l'adresse des Masaï, Kihoro et l'homme de sa tribu emmenèrent les trois vaches. Les *rangers* les suivirent pour les protéger.

Oriounga était toujours assis sur les talons, ses yeux mi-clos et le visage empreint d'une complète indifférence.

Mais comme les deux Wakamba, leur bétail et leur

escorte allaient quitter le pâturage, le *morane* se dressa soudain, arracha au sol son javelot et le lança. La détente du corps magnifique avait été si rapide et ses mouvements si bien liés que la tige de métal aiguisée aux deux bouts sembla jaillir toute seule de la terre, se placer dans la main d'Oriounga et prendre son vol d'elle-même pour atteindre, sifflante et vibrante, le cou de la vache que poussait Kihoro. Elle trébucha et s'abattit.

Les compagnons d'Oriounga saisirent à leur tour leurs javelots. Mais il n'était plus temps. Les *rangers* les visaient de leurs fusils, et Ol'Kalou, le ventre bandé d'un torchon sanguinolent, s'était placé devant les jeunes hommes.

Le chef du clan parla à Bullit et celui-ci acquiesça de la tête.

— Il n'y a plus qu'à partir, me dit ce dernier. Le vieux promet que, si le commissaire du district accorde une indemnité aux Wakamba, les Masaï paieront volontiers. Il pense qu'il n'est pas de prix assez cher pour la fierté d'un *morane*.

Oriounga se rassit sur ses talons, avec un demi-sourire. Je ne sais pourquoi, je pensai à Patricia et, je ne sais pourquoi, je fus content qu'elle n'eût pas assisté à son triomphe.

Mais le soir de ce même jour, elle accompagna ses parents que j'avais invités à prendre sur ma véranda les boissons rituelles du crépuscule. Et, mettant à profit un instant où Sybil et Bullit se tenaient sur le perron pour admirer les derniers feux du soleil sur la neige du Kilimandjaro, la petite fille me demanda de sa voix insonore, secrète, mais les yeux brillants :

— Ce Masaï, si adroit au javelot, c'est bien le *morane* qui m'a regardée ce matin ?

VIII

Le jour suivant, Bullit fit enfin honneur à l'engagement pris par lui au cours de notre première rencontre : me servir de guide dans son domaine.

— Vous verrez des choses, avait-il dit alors, que bien peu de gens ont vues. Il tint parole grandement, en seigneur.

Au départ toutefois, quand je pris place dans la Land Rover où se trouvaient déjà Patricia, Kihoro et deux *rangers,* je n'espérais pas de cette matinée une révélation nouvelle. A force de suivre dans le Parc une petite fille qui en connaissait les sauvages secrets, je pensais n'avoir plus rien à découvrir qui pût m'étonner vraiment. Je me croyais blasé.

Comme je me trompais ! Et avec quel bonheur je le vis aussitôt !

Il y avait d'abord la voiture de Bullit, sans toit, sans vitres, ouverte à toutes les vues, à tous les souffles, d'une robustesse conçue pour les pires terrains. Il y avait la manière dont Bullit pilotait : impérieuse, hardie, aisée, magistrale. Il y avait sa connaissance absolue des lieux — fruit d'expéditions, d'inspections, de battues et d'observations sans nombre — travail de chaque jour et pendant des années. Et surtout, il y avait Bullit lui-même ou plutôt cette part de lui-même essentielle que libérait dans sa plénitude l'exercice d'un métier qui ne se pouvait comparer à aucun autre, et pour lequel son corps puissant, son mufle crêté de cheveux roux semblaient façonnés, prédestinés.

Les épaules vastes et droites, le cou massif et nu, ses fortes lèvres un peu retroussées par le vent de la vitesse, il m'emmenait dans le matin joyeux comme à une conquête.

En cet instant — et il le savait et ne s'en étonnait point — tout appartenait à Bullit.

La voiture dont il faisait ce qu'il voulait.

Les *rangers* qui étaient à sa dévotion et dont j'entendais le grand rire puéril et barbare lorsqu'un bond de la Rover ou un cahot ou un virage brutal les projetaient ainsi que de noirs pantins.

Patricia, serrée au flanc de son père comme pour en recueillir la chaleur, la vigueur et qui, son petit visage levé, fouetté par le mouvement de l'air, me tirait sans cesse le bras et me clignait de l'œil pour faire admirer l'adresse et l'audace des mains si robustes qui tenaient le volant.

Et la brousse enfin, toute la brousse et dans toutes ses formes, avec sa végétation et avec ses créatures, sur des lieues et des lieues étendue, sous le signe tutélaire du Kilimandjaro.

Tantôt Bullit lançait la Land Rover à un angle incroyable sur le flanc d'une abrupte colline et la tenait cabrée jusqu'au sommet d'où la vue embrassait, comme en survol, un espace sans bornes, et tantôt il plongeait au creux des vallonnements si obscurs, épineux et rompus qu'ils ressemblaient à des fonds sous-marins semés de madrépores. Et tout à coup éclataient la liberté et la lumière des savanes. Et puis les futaies monumentales érigeaient leurs travées.

168

Sans doute les secrets que j'avais approchés en suivant Patricia, rien ne pouvait en prendre la place. Mais rien non plus ne pouvait avoir une commune mesure avec la course merveilleuse que menait Bullit. L'âge même de la petite fille — et qui était aussi son pouvoir essentiel —, l'obsession qu'elle avait de King et l'obsession que j'avais d'elle resserraient le terrain où elle m'avait accueilli à une zone de mystère et de fable. Bullit, lui, ouvrait, dévoilait, déployait le Parc royal dans toute son ampleur et sa magnificence.

L'aptitude la plus élémentaire à s'orienter, la notion de droite et de gauche, d'avant ou d'arrière, je les avais perdues depuis longtemps et ne m'en souciais plus. Elles n'avaient ni valeur ni sens au regard de ces champs clos, de ces hautes forêts, de ces clairières effilées en forme de demi-lune, de ces massifs d'arbres géants, de ces bois semés de prairies qui se succédaient, se chevauchaient, s'enchevêtraient dans un seul et même paysage à la fois bucolique et farouche, plein de douceur et de sauvagerie. Dans cet océan de verdure, le soleil du matin faisait ressortir le ton sourd ou vif, brutal ou tendre de chaque mouvement d'herbes et de feuillages, et l'on y voyait surgir, comme autant d'écueils, les pitons formés par d'anciens volcans qui portaient leurs laves pétrifiées en couronnes de noire écume.

Où étaient les villes et même les hameaux perdus et même ces masures solitaires dont la cheminée laisse filtrer un filet de suie vers le ciel ? Ici, la terre n'avait jamais connu une trace, une fumée, une odeur, une ombre qui fût à l'homme. Depuis la nuit des âges, il n'y avait eu dans cette brousse pour naître, vivre, chasser, s'accoupler et mourir, que le peuple des bêtes. Rien n'était changé. Les bêtes comme la terre demeuraient fidèles aux premiers temps du monde. Et Bullit, grand sorcier aux cheveux rouges, les conjurait toutes à la fois à l'intérieur de sa ronde effrénée.

Antilopes, gnous, gazelles, zèbres et buffles — la voiture poussée à la limite de sa vitesse, penchée, dressée, plongeant, remontant, rabattait ces troupeaux les uns sur les autres, en faisant chaque fois plus étroitement le tour jusqu'à l'instant où galops, ruades, bonds et charges dispersaient vers les horizons de brousse la foule de robes, de museaux et de cornes.

Haletante, éblouie, et suffoquée de joie, Patricia criait :

— Regardez ! Comme ils sont beaux ! Comme les zèbres courent vite et les antilopes sautent haut, et les buffles foncent droit !

Elle saisissait mon poignet pour mieux faire passer en moi sa certitude et ajoutait :

— Mon père est l'ami des bêtes. Elles nous connaissent. Nous pouvons nous amuser avec elles.

Est-ce que Bullit, si dur envers ceux qui portaient la plus légère atteinte à la paix animale, partageait la conviction naïve de sa fille ? Pensait-il que la rigueur même et la vigilance par lesquelles il assurait cette paix méritaient qu'il pût la troubler quelquefois ? Ou, simplement, était-ce un goût, un instinct qu'il ne savait pas maîtriser ? Qu'importe ! Le jeu continuait. Et de plus en plus rude.

Je me souviens des éléphants que nous avons surpris au creux d'une vallée. Ils étaient toute une harde — quarante, cinquante peut-être — et répandus autour d'une nappe d'eau vive, nourrie par quelque source miraculeuse de brousse et que Bullit avait fait aménager en bassin. Les uns, du bout de leur trompe, cherchaient nourriture dans la végétation qui poussait à flanc de coteau. D'autres se roulaient dans la vase. Les petits se bousculaient, se faisaient asperger par leurs mères. Le chef de la harde, aux défenses jaunies par le temps, énorme et solitaire, veillait sur sa tribu comme une effigie de granit.

Quand il vit notre voiture entre les arbres, il ne bougea pas. Cet insecte qui portait d'autres insectes, en quoi pouvait-il menacer, inquiéter sa toute-puissance ? Mais de mamelon en mamelon, de trou en trou, la Land Rover approcha du troupeau géant, rebondit, grondant et cliquetant entre les groupes, les familles. Les petits prirent peur. Alors la trompe du vieil éléphant se redressa, se recourba et un barrissement plus sonore, plus aigu, plus effrayant que l'éclat de cent trompettes de guerre retentit dans la sérénité de la brousse. Toute la harde rejoignit le chef, les mâles derrière lui, les femelles protégeant les enfants.

Bullit arrêta la voiture face aux éléphants serrés en une seule masse de nuques, d'épaules et d'échines colossales, leurs trompes convulsées comme des serpents furieux. Et ce fut seulement à la seconde même où de toutes ces trompes jaillit la même stridence enragée et où la phalange formidable se mit en branle que Bullit fit pivoter la Land Rover et la lança à toute vitesse sur une bonne piste qu'une chance merveilleuse me sembla ouvrir soudain parmi les buissons, mais que lui, à coup sûr, avait depuis longtemps repérée, et aménagée.

J'ignore quelle expression pouvait avoir mon visage après cette aventure mais, le considérant, Bullit et Patricia échangèrent un regard de connivence. Puis Bullit se pencha vers la petite fille et lui parla à l'oreille. Patricia approuva vivement de la tête tandis que ses yeux étincelaient de malice.

La voiture gravit la côte par où nous étions

descendus dans la vallée des éléphants et atteignit un plateau où les taillis alternaient avec de grands espaces découverts. Bullit ralentit en abordant l'une de ces prairies d'herbe sèche. Au milieu, en plein soleil, gisaient côte à côte trois énormes et rugueux billots de bois à l'écorce grise. Quel ouragan et de quelle violence avait pu les projeter jusque dans ce champ nu ? Je le demandai à Bullit. Sans me répondre et les lèvres serrées, il nous menait de plus en plus doucement vers les troncs foudroyés.

Soudain, sur l'un d'eux, une extrémité remua, se redressa, devint une tête de cauchemar, mal équarrie, toute en bosses et méplats grossiers et qui allait en s'affaissant jusqu'à une corne recourbée et massive. Les deux autres billots s'animèrent de la même façon monstrueuse. Maintenant, trois rhinocéros épiaient la voiture sans bouger. Alors Bullit se mit à tourner autour des trois têtes. Et, à chaque tour, il réduisait un peu le cercle.

Le premier des monstres se releva pesamment. Puis le second, puis le dernier. Ils s'accotèrent croupe contre croupe, le corps orienté chacun dans une direction différente. Ils étaient d'une matière si brute et d'une forme si primitive qu'ils semblaient faits de blocs grisâtres, fendillés de crevasses, taillés et ajustés au hasard, dans les derniers instants de la création.

Les rhinocéros tournaient leur tête horrible et cornue en tous sens. Leurs yeux étroits et obliques entre de lourds plis de peau ne nous quittaient plus.

J'entendis Patricia chuchoter :

— Vous ne reconnaissez pas le plus large ? Avec la grande cicatrice au dos ? Je vous l'ai montré à l'abreuvoir.

C'était vrai. Mais je n'eus pas le loisir d'y penser davantage. Bullit avait rétréci encore le rayon de sa ronde autour du groupe d'apocalypse. Les naseaux énormes laissèrent échapper un hissement long, tenace, sinistre. La distance entre les rhinocéros et nous s'amenuisait toujours.

— Regardez notre ami ! cria Patricia. C'est le plus méchant, le plus courageux ! Il va charger.

Sa voix retentissait encore que la bête fonça.

La stupeur m'interdit tout autre sentiment. Je n'aurais jamais cru qu'une telle masse et portée par des pattes si courtes et difformes fût capable de cette détente subite et de cette vélocité. Mais Bullit était sur ses gardes. Il donna le coup d'accélérateur et le coup de volant qu'il fallait. Pourtant, la bête lancée comme par une catapulte manqua de si près notre voiture découverte que j'entendis son chuintement furieux. Eus-je peur alors ? Comment le saurais-je ? Tout était si rapide et mouvant et saccadé. Les deux autres rhinocéros chargèrent à leur tour. Entre ces fronts baissés de monstres, la Land Rover virait sur une aile, reculait, tournoyait, bondissait. Une défaillance du moteur, une fausse manœuvre et nous étions transpercés, éventrés, empalés par les cornes tranchantes. Mais Bullit menait le jeu avec tant d'assurance ! Les *rangers* hurlaient avec tant d'allégresse ! Et Patricia riait si bien, de ce rire merveilleux, cristallin, qui, dans les cirques, monte des travées d'enfants comme un carillon de joie...

Les bêtes se fatiguèrent plus vite que la machine. L'un après l'autre, les rhinocéros abandonnèrent l'attaque. Ils se massèrent en un seul bloc, les flancs soulevés par des halètements colossaux sur leurs énormes pattes qui tremblaient, mais les cornes toujours dardées vers nous.

— A bientôt, les copains ! cria Bullit.

Quand il quitta la prairie des rhinocéros, sa voix et sa figure étaient beaucoup plus jeunes, plus saines qu'à l'ordinaire. Il sortait rafraîchi de ces dangers que son audace avait voulus et son adresse dominés. C'était, pensai-je, une exigence de nature sur laquelle le temps ne pouvait rien. Il fallait que le maître du Parc royal l'exauçât comme l'avait fait Bull Bullit. La seule différence était que maintenant il se servait d'une voiture tout terrain au lieu de fusil.

Je demandai à mon compagnon :

— Vous n'emportez jamais d'arme ?

— Je n'en possède plus, dit Bullit.

Je me rappelai que la maison de ce chasseur professionnel ne contenait ni une carabine ni un trophée.

— Cela m'est interdit, reprit doucement Bullit.

Il enleva une main du volant et caressa les cheveux légers de sa fille. Patricia, alors, étendit son bras dans un mouvement impulsif, passionné, plongea ses doigts dans la toison rouge de son père (je ne pus m'empêcher de songer qu'elle agrippait de la même façon la crinière de King), attira la tête de Bullit jusqu'à elle et frotta sa joue contre la sienne. La même intensité de bonheur était sur leurs deux visages.

La voiture roulait lentement et comme au hasard. De nouveau, tout autour, se multipliaient antilopes, zèbres, autruches et buffles. Plusieurs fois, Patricia quitta la voiture pour aller chez les bêtes. A la distance qui nous séparait de la petite fille, sa silhouette d'une couleur tendre (elle portait ce matin-là une salopette d'un bleu délavé) paraissait presque immatérielle. On acceptait comme une évidence qu'elle glissât parmi les animaux sauvages sans éveiller crainte, inquiétude ou même surprise.

Elle s'attarda surtout dans un creux où des infiltrations souterraines rendaient l'herbe plus verte et plus molle et où quelques arbres portaient, au lieu d'épines, des feuilles fragiles. Les animaux y étaient plus nombreux, plus heureux. De l'éminence où Bullit avait arrêté la voiture, nous pouvions observer chaque mouvement de la petite fille, et chaque mouvement des bêtes. Seules l'aisance et l'innocence qu'elles avaient pour accueillir Patricia pouvaient se mesurer à l'innocence et à l'aisance que Patricia montrait pour se mêler à elles. Des antilopes venaient effleurer son épaule de leur museau. Des buffles la reniflaient amicalement. Un zèbre s'obstinait à caracoler autour d'elle et à lui faire des grâces. Patricia parlait à tous.

— Elle sait les maîtres mots, me dit Bullit à mi-voix.

— En quelle langue ? demandai-je.

—Celle des Wakamba et des Jalluo, des Kipsigui et des Sambourou et des Masaï, dit Bullit. Elle les tient de Kihoro et des *rangers* et des sorciers ambulants qui passent dans le village nègre.

— Vous y croyez vraiment ? demandai-je encore.

— Je suis un Blanc et un chrétien, dit Bullit. Mais j'ai vu des choses...

Il hocha la tête et murmura :

— En tout cas, pour la petite, c'est une certitude. Elle parlerait de même avec les éléphants, les rhinocéros.

Peut-être avaient-ils raison tous les deux. Ce domaine m'était inconnu. Mais depuis la matinée que je venais de passer avec Bullit et Patricia, ma certitude était que l'essence de son pouvoir, la petite fille le tenait d'un tout-puissant instinct héréditaire et des leçons que son père avait recueillies en vingt années de brousse. Il lui avait fait connaître, comme autant de contes et de berceuses la vie et les humeurs des animaux sauvages et l'expérience de mille affûts, de mille poursuites, et l'odeur des futaies, des savanes, des tanières. Et il avait personnifié pour Patricia, dès sa naissance, les grands fauves et les monstres du Parc royal et, en même temps, le maître de ces monstres.

· Bullit suivait d'un regard ébloui, bienheureux, sa fille si petite et si frêle glissant parmi les troupeaux de brousse. Pouvait-il se douter que le doux empire exercé par Patricia sur toutes les bêtes était devenu le seul moyen, le seul pouvoir qui lui restât (puisqu'il avait renoncé au meurtre) de posséder encore, par une étrange délégation du sang, le grand peuple libre et merveilleux auquel il avait lié sa vie ?

Il n'y avait pas d'entente, il n'y avait pas de tendresse qui pouvaient se comparer à celles qui existaient entre Patricia et Bullit. Leur génie avait chacun une part différente et nécessaire dans une alliance aussi naturelle et précieuse pour eux que le souffle.

Cela explique la rencontre que nous fîmes peu après. Quand une exigence primordiale veut s'accomplir, elle ne laisse pas de place au hasard.

IX

Non, en vérité, ce ne fut pas le hasard.

Bullit savait bien — puisqu'il me l'avait lui-même raconté — que King flairait à des milles de distance sa voiture et comment il accourait pour l'accueillir. Et Bullit devait bien savoir — puisque c'était son métier — quels étaient selon les pluies, les sécheresses et les saisons étales les gîtes du grand lion rendu à la brousse.

Je remarquai d'ailleurs, au moment où nous abordions une très longue savane, que Bullit haussait la tête de façon à regarder par-dessus le pare-brise et que, sous les sourcils rouges et hirsutes, ses yeux de chasseur, habitués à déceler le moindre détail, se fixaient avec une attention soutenue sur la lointaine lisière d'une futaie qui fermait la prairie d'herbe sèche. Et puis, il sourit. Et puis il toucha légèrement du coude le bras de Patricia. Alors je vis, du fond de la savane, jaillir et dévaler vers nous une tache, une boule, une bête fauve.

— King! cria Patricia. Oh! père, c'est vraiment King!

Bullit riait doucement. Il était dans l'ordre des choses que cette matinée d'amitié parfaite entre

Patricia et lui s'achevât par la plus belle surprise qu'il pût faire à sa fille.

— Quand avez-vous su qu'il habite ce coin? s'écria Patricia.

— Hier seulement, dit Bullit. J'avais mis trois *rangers* à ses trousses depuis qu'il a déménagé. Et hier, Maïna, le Kipsigui (Bullit se tourna un instant vers le plus jeune des gardes noirs installés à l'arrière de la voiture), est venu m'avertir.

Bullit mit son bras pesant autour du cou de la petite fille.

— J'ai voulu vérifier avec toi, dit-il.

— King, King! cria Patricia en se dressant sur la banquette.

Le grand lion arrivait à pleine charge, la crinière étalée au vent et il grondait de joie. Il allait atteindre la voiture, mais Patricia commanda :

— Père, faites-le courir encore. Le plus vite qu'il peut. Il est si beau, alors!

Bullit, d'un rude coup de volant, obliqua de manière à ne plus avoir le lion de face mais de côté. Et il poussa la Land Rover à l'allure qu'il fallait pour ne pas distancer King, et assez rapide cependant pour l'obliger à fournir tout son effort et donner tout son souffle. Et King se mit à nous suivre à grands bonds, exactement comme l'eût fait un chien, mais un chien de fin du monde et il jappait d'allégresse, mais ses abois faisaient trembler la brousse.

Nous fîmes ainsi deux fois, trois fois le tour de la grande savane. On voyait à l'horizon fuir des bêtes épouvantées et au-dessus de nous, trompés par ce jeu qui avait toutes les apparences, tous les bruits d'une chasse à mort, les vols des vautours se rassemblaient dans le soleil.

King bondissait et rugissait toujours, mais l'écume lui venait aux commissures des babines. Patricia se rassit et mit sa main sur une des mains de Bullit. Ils semblaient piloter ensemble. La voiture ralentit, s'arrêta.

Aussitôt King fut contre elle, debout, et ses pattes de devant sur les épaules de Bullit. Avec un rauque halètement de fatigue et de joie, il frotta son mufle contre le visage de l'homme qui avait abrité son enfance. Crinière et cheveux roux ne firent qu'une toison.

— Est-ce que vraiment on ne croirait pas deux lions ? dit Patricia.

Elle avait parlé dans un souffle, mais King avait entendu sa voix. Il étendit une patte, en glissa le bout renflé et sensible comme une éponge énorme autour de la nuque de la petite fille, attira sa tête contre celle de Bullit et leur lécha le visage d'un même coup de langue.

Puis il se laissa retomber à terre et ses yeux d'or examinèrent chacun de ceux qui se trouvaient dans la voiture. Il nous connaissait tous : Kihoro, les *rangers* et moi-même. Alors, tranquille, il tourna son regard vers Bullit. Et Bullit savait ce que le lion attendait.

Il ouvrit lentement la portière, posa lentement ses pieds sur le sol, alla lentement à King. Il se planta devant lui et dit, en détachant les mots :

— Alors, garçon, tu veux voir qui est le plus fort ? Comme dans le bon temps ? C'est bien ça ?

Et King avait les yeux fixés sur ceux de Bullit et comme il avait le gauche un peu plus rétréci et fendu que le droit, il semblait en cligner. Et il scandait d'un grondement très léger chaque phrase de Bullit. King comprenait.

— Allons, tiens-toi bien, mon garçon, cria soudain Bullit.

Il fonça sur King. Le lion se dressa de toute sa hauteur sur ses pattes arrière et avec ses pattes avant enlaça le cou de Bullit. Cette fois, il ne s'agissait pas d'une caresse. Le lion pesait sur l'homme pour le renverser. Et l'homme faisait le même effort afin de jeter bas le lion. Sous la fourrure et la peau de King, on voyait la force onduler en longs mouvements fauves. Sous les bras nus de Bullit, sur son cou dégagé saillaient des muscles et des tendons d'athlète. Pesée contre pesée, balancement contre balancement, ni Bullit ni King ne cédaient d'un pouce. Assurément, si le lion avait voulu employer toute sa puissance ou si un accès de fureur avait soudain armé ses reins et son poitrail de leur véritable pouvoir, Bullit, malgré ses étonnantes ressources physiques, eût été incapable d'y résister un instant. Mais King savait — et d'une intelligence égale à celle de Bullit — qu'il s'agissait d'un jeu. Et de même que Bullit, quelques instants plus tôt avait poussé sa voiture à la limite seulement où King pouvait la suivre, de même le grand lion usait de ses moyens terribles juste dans la mesure où ils lui permettaient d'équilibrer les efforts de Bullit.

Alors, Bullit changea de méthode. Il enveloppa de sa jambe droite une des pattes de King et la tira en criant :

— Et de cette prise-là, qu'est-ce que tu en dis, mon fils ?

L'homme et le lion roulèrent ensemble. Il y eut entre eux une mêlée confuse et toute sonore de rires et de grondements. Et l'homme se retrouva étendu, les épaules à terre, sous le poitrail du lion. Maintenant Bullit reprenait souffle et King attendait, et son œil le plus étroit, le plus étiré semblait le moquer doucement. Soudain, d'une seule torsion, Bullit se plaqua face au sol, ramena les genoux sous son ventre, prit appui sur les deux paumes, arqua le dos et, secousse par secousse, il souleva dans un effort herculéen le grand lion du Kilimandjaro qui, les pattes ballantes, se laissait faire.

— Hourra, père ! Hourra pour vous ! criait Patricia.

Les deux *rangers* battaient des mains.

Seul Kihoro demeurait silencieux. Et même, il s'était détourné du spectacle pour scruter de son œil unique, avec un singulier entêtement, les fourrés minces et longs qui s'avançaient à la lisière en forme de triangle.

Mais comment Bullit eût-il remarqué cela. Il avait fait glisser King de son dos et, la tête renversée, offerte au soleil, il faisait mouvoir ses épaules, étirait les bras, creusait les reins. Chacun de ses muscles devait souffrir, chacune de ses jointures était sans doute meurtrie. Mais il riait de bonheur. Sa force et sa violence se trouvaient enfin assouvies, couronnées sous les yeux de sa fille.

— Bien joué, garçon, dit-il, à King en le prenant par la crinière.

— A mon tour, cria Patricia.

Elle allait sauter de la voiture, mais la main noire et sèche de Kihoro la retint. Au même instant, du triangle épineux que le vieux trappeur borgne avait observé avec tant d'obstination, un grondement s'éleva, suivi aussitôt par un autre. Et il était impossible, même pour une oreille aussi peu habituée que la mienne aux voix de la brousse, de se tromper sur leur message. Ce n'étaient plus les rugissements débonnaires, amicaux ou joyeux que King m'avait appris à connaître. C'était l'âpre et rauque et affreux roulement — et dont la menace arrête pour un instant le cœur des hommes les plus braves — que forme la gorge des fauves possédés jusqu'à la furie par le besoin de tuer.

Deux lionnes sortirent des buissons. Deux lionnes

de haute taille, de robe superbe et dont les queues allaient et venaient d'un flanc à l'autre comme des fléaux et qui pointaient vers King leurs gueules rugissantes.

Derrière elles accourut une petite troupe de lionceaux.

Si je compris tout de suite le sens véritable de cette scène, ce fut, et uniquement — par l'expression qui saisit les traits de Patricia. Ce visage si mobile, et sensible, était devenu inerte et clos. Il semblait pris et comme déshonoré dans une souffrance haineuse, vile et malsaine. Un sentiment — et un seul — avait la faculté d'enlaidir à ce point une figure : la jalousie portée à un point extrême. Et Patricia ne pouvait être atteinte de ce mal et à ce degré que pour une raison et une seule : les deux lionnes étaient les compagnes attitrées de King et le rappelaient à elles.

King le sut en même temps que Patricia. Ses yeux allèrent à Bullit, à la petite fille, aux lionnes en furie. Il secoua sa crinière. Il hésitait. Patricia entrouvrit la bouche. Le grand lion tourna la tête de son côté. Si elle l'avait retenu, il fût resté sans doute. Mais la fureur de l'orgueil brilla en cet instant dans les yeux de Patricia. Elle ne proféra pas un son. Alors, King s'en alla vers ses femelles qui le réclamaient. D'abord, et comme par politesse envers nous, d'une foulée lente et digne. Mais, à mesure qu'il s'éloignait, il allongea le pas. Enfin, il s'élança et rejoignit en quelques bonds lionnes et lionceaux. Ils s'enfoncèrent ensemble dans les fourrés.

Bullit reprit le volant et mit en route le moteur. Il dit avec un sourire et un ton aussi maladroits l'un que l'autre :

— Eh bien, on s'est bien amusés, n'est-il pas vrai ?

La petite fille ne lui accorda pas une parole. Bullit

lança la voiture vers l'extrémité de la futaie située sur notre gauche.

— Nous serons vite arrivés, maintenant, me dit Bullit.

Il parlait comme un homme qui le fait uniquement pour s'empêcher de réfléchir. Il poursuivit :

— A la corne du bois s'amorce une bonne piste. En direction sud. Je l'ai aménagée récemment. Un peu après, c'est la savane de la *manyatta* et un peu après le bungalow, et, tout de suite après, whisky.

La lisière, maintenant, était derrière nous, Bullit poussa un profond soupir de soulagement. Mais comme il allait prendre la piste dont il avait parlé, Patricia lui saisit le poignet.

— Arrêtez là, dit-elle.

Bullit la considéra sans comprendre. Elle cria :

— Arrêtez, vous dis-je. Ou je saute en marche.

Patricia tâchait de contrôler sa voix. Mais cette voix avait une intonation presque hystérique et qui me fit frémir : c'était le timbre de Sybil aux approches d'une crise nerveuse.

Bullit avait obéi. La petite fille fut au sol sans même ouvrir la portière. Bullit ébaucha un mouvement.

— Non, dit Patricia, avec la même inflexion morbide. Je ne veux personne. Je n'ai besoin de personne pour me défendre dans ce Parc.

Ses yeux fiévreux rencontrèrent les miens. Elle ajouta alors, comme à demi consciente, et sans qu'il fût possible de savoir si le sentiment qui l'inspirait était de dédain ou une vague amitié :

— Vous... Bien sûr... Si vous y tenez.

— Oui, oui, murmura Bullit.

Je quittai la voiture. Patricia dit à son père :

— Allez-vous-en.

Bullit mit la Land Rover en marche. Patricia

s'engagea dans le bois d'épineux. Avant de la suivre, je me retournai à temps pour apercevoir un corps noir, au bassin difforme, tomber sans bruit de la voiture et s'aplatir aussitôt sur le sol.

Les troncs d'arbres étaient serrés. Dans les intervalles poussaient des buissons chargés de ronces. Ils retardaient la marche de Patricia. J'en fus heureux. Kihoro aurait le temps de glisser ou ramper, invisible, sur nos pas.

Mais bientôt Patricia sortit de l'abri de la futaie et longea rapidement sa lisière. Quand nous fûmes en vue des fourrés disposés en triangle qui servaient de tanière à la tribu des fauves, elle me dit :

— Rentrez dans le bois. Les lions n'aiment pas attaquer entre les arbres aussi rapprochés. Et quand ils le font, ils sont maladroits. Allez vite. Je veux être tranquille.

Patricia se mit à courir à l'orée de la savane et ne s'arrêta qu'en terrain découvert. Le soleil donnait à plein sur son visage. Et son visage regardait à plein le triangle de buissons épineux.

La petite fille porta à ses lèvres une main pliée en forme de cornet et poussa cette modulation singulière par laquelle j'avais entendu Kihoro appeler King.

A l'intérieur du triangle, deux rugissements brefs éclatèrent et les deux lionnes sortirent des buissons, le poil hérissé, les crocs avides. La distance qui les séparait de Patricia, elles pouvaient, elles allaient la franchir d'un saut. Que faisait Kihoro ? Qu'attendait-il ?

Mais un autre rugissement retentit, si puissant qu'il couvrit tous les sons de la savane et un bond prodigieux enleva King par-dessus les fourrés et le porta là où il l'avait voulu : juste entre ses femelles enragées et Patricia.

La plus grande, la plus belle des lionnes et la plus hardie fit un saut de côté pour contourner le flanc de King. Il se jeta sur elle et la renversa d'un coup d'épaule. Elle se releva d'un élan et revint à la charge. King lui barra encore le chemin et, cette fois, sa patte, toutes griffes dehors, s'abattit sur la nuque de la grande lionne, lacéra la peau et la chair. Le sang jaillit sur le pelage fauve. La bête blessée hurla de douleur et d'humiliation, recula. King, grondant, la poussa davantage et, pas à pas, la força de regagner l'abri des buissons où l'autre lionne était déjà terrée.

La modulation d'appel s'éleva de nouveau dans l'air brûlant de la savane. King s'approcha de Patricia qui n'avait pas bougé.

Elle frissonnait légèrement. Je le vis quand elle leva une main et la posa contre le mufle de King, entre les yeux d'or. Le tremblement cessa. Les ongles de la petite fille remuèrent doucement sur la peau du lion. Alors King se coucha et Patricia s'étendit au creux de son ventre, embrassée par ses pattes. Elle passa un doigt sur celle qui portait des traces toutes fraîches de sang. Et son regard défiait la haie d'épineux derrière laquelle gémissaient sourdement les femelles de King, maîtrisées, honteuses et battues.

Ensuite, même ces plaintes rauques se turent. Les lionnes s'étaient résignées. Le silence écrasant de midi régna d'un seul coup sur la savane.

Je suis certain que sans la soudaineté et la plénitude du silence, je n'aurais pas été capable de percevoir le son qui m'alerta. Faible, ténu et presque imperceptible, c'était un tintement, un frôlement de métal contre le tronc d'un arbre. Je me penchai entre les buissons pour voir d'où venait ce bruit si léger. Dans la clarté diffuse du sous-bois brillait confusément un fer de lance. Sa pointe était appuyée à un grand épineux. Contre cette même écorce je vis un casque aux tons de cuivre. C'était la chevelure d'Oriounga, le *morane*.

Son profil féroce et superbe tourné vers Patricia semblait, tellement il était immobile, sculpté dans un marbre noir. Rien en cet instant n'existait pour lui, que cette petite fille blanche embrassée par un lion. Sa lance lui avait échappé des mains et il se montrait à découvert sans souci d'être vu.

Patricia reposait contre le poitrail de King.

X

L'après-midi approchait de sa fin.

— Courage, nous arrivons, dit Patricia gaiement.

En effet, j'apercevais le seul massif d'épineux que j'étais capable de reconnaître dans la Réserve et qui abritait les rares et légères constructions aménagées pour la vie des hommes. Il était temps. Mes muscles et mes nerfs n'en pouvaient plus. La marche qui nous avait ramenés de la lisière où King gîtait avec sa tribu avait duré près de quatre heures. Cette route interminable à travers ronces et fourrés, dans la chaleur et la poussière, Patricia l'avait faite sans effort. Tantôt elle allait devant moi en chantonnant, tantôt, comme pour me ranimer, elle me donnait la main. Son amitié pour moi avait pris plus de profondeur, de vérité et comme une nouvelle substance : j'avais été le témoin — et le seul, croyait-elle — de sa revanche, de son triomphe.

A intervalles réguliers, elle avait répété de la même voix exultante :

— Vous avez vu ! Vous avez vu !

Le reste du temps, nous avions cheminé en silence. Patricia pensait à sa victoire et moi au *morane*.

Comment et pourquoi Oriounga s'était-il trouvé juste à l'instant et à l'endroit voulu pour surprendre

Patricia dans son pari terrible ? Avait-il découvert par hasard la tanière de King (la *manyatta* n'en était pas très éloignée) en rôdant à travers le Parc royal ? S'acharnait-il depuis à guetter le grand fauve et à rêver aux années encore si proches où une coutume immémoriale et forte comme un mythe exigeait de tous les hommes Masaï qu'ils fussent tueurs de lions ? Et que signifiait le regard inflexible et brûlant qu'il avait tenu sur la petite fille tout le temps qu'elle était restée entre les pattes de King lorsqu'elle lui avait fait ses adieux ?

Patricia peut-être aurait pu répondre à mon souci. Mais elle ne savait pas qu'Oriounga l'avait vue et je ne sais quelle crainte voisine de l'effroi superstitieux m'interdisait de dissiper cette ignorance.

— Eh bien, nous y voilà tout de même, dit Patricia en riant avec gentillesse de mon visage harassé.

Nous avions atteint le village nègre. De là partaient deux chemins divergents : l'un conduisait au bungalow de Bullit, l'autre, beaucoup plus bref, au camp des visiteurs où j'avais ma hutte.

Patricia s'arrêta, indécise, au croisement des pistes. Elle inclina légèrement la tête et se mit à tracer du bout de son soulier des figures géométriques dans la poussière. Une étrange timidité s'était emparée de ce visage et de ces yeux qui venaient d'affronter sans peur deux lionnes en furie.

— Si vous n'êtes pas trop, trop fatigué, dit enfin la petite fille à mi-voix, accompagnez-moi à la maison... Vous me ferez très plaisir : si vous êtes là, maman ne se mettra pas en colère... Je suis terriblement en retard.

Patricia releva le front et ajouta vivement :

— Ce n'est pas pour moi que je le demande, vous savez. C'est pour elle. Ça lui fait très, très mal.

Mon influence avait-elle la valeur que lui acordait

Patricia ou Bullit avait-il inventé pour sa fille l'excuse convenable, je l'ignore, mais nous fûmes accueillis par Sybil avec la meilleure grâce du monde. Puis elle envoya Patricia sous la douche et, en son absence, me dit :

— Je tiens beaucoup à vous parler en tête à tête.

— C'est plus facile chez moi, dis-je.

— Entendu, je passerai un de ces jours, dit Sybil en souriant.

Dans ma hutte, je m'abattis tout de suite sur le lit de camp. Ce fut un mauvais sommeil, courbatu, fiévreux. Quand il cessa, la nuit était complète. J'avais le cœur pesant et l'esprit tourmenté. Je m'en voulais de prolonger un séjour qui ne servait plus à rien. Ma curiosité avait été comblée au-delà de toute espérance. Je savais tout de la vie de King et de ses rapports avec Patricia. Bien plus, le grand lion était devenu pour moi un animal familier. Je pouvais partir tranquille. Je le devais.

Mais le dénouement ? pensai-je soudain. Il faut que j'assiste au dénouement.

Je sautai du lit et arpentai avec irritation la véranda obscure.

Pourquoi un dénouement ? Et lequel ?

M'attendais-je à voir Kihoro tirer sur Oriounga ? Ou le *morane* percer de son javelot le vieux pisteur borgne ? Ou un rhinocéros éventrer Bullit ? Ou King, oubliant tout à coup les règles du jeu, déchirer Patricia ? Ou Sybil devenir folle ?

Toutes ces pensées étaient odieuses et absurdes à la fois. J'étais en train de perdre tout sens commun. Il fallait quitter au plus vite et ces lieux et ces bêtes et ces gens.

Mais je sentis que je resterais dans le Parc royal

jusqu'au dénouement car — et c'était une inexplicable certitude — il y aurait un dénouement.

J'allumai la lampe tempête et allai chercher une bouteille de whisky. J'en bus assez pour m'assoupir beaucoup plus tard.

Une toute petite patte veloutée souleva une de mes paupières. Je trouvai, assis au bord de mon oreiller, un singe qui avait la taille d'une noix de coco et portait un loup de satin noir sur le museau. Tout était comme à mon premier réveil dans la hutte du Parc royal : l'aube indécise, mes vêtements de brousse en tas au bout du lit, près de la lampe tempête que j'avais laissée brûler.

Et, ainsi que je l'avais fait alors, j'allai sur la véranda. Et j'y trouvai Cymbeline, la gazelle minuscule qui avait des dés pour sabots et pour cornes des aiguilles de pin. Et la brume cachait la grande clairière qui descendait jusqu'au grand abreuvoir.

Oui, je trouvai toutes choses semblables à la première fois. Mais à présent, elles étaient sans pouvoir sur moi. Nicolas et Cymbeline avaient perdu leur mystère de poésie. Je voyais à l'avance chaque détail du paysage que le brouillard allait découvrir. En bref, mes sentiments n'étaient qu'un assez pauvre décalque de l'émerveillement que j'avais connu.

Mais l'aurore surgit d'un seul coup, prompte et glorieuse. La neige du Kilimandjaro devint un doux brasier. La brume se déchira en écharpes de fées, en poudre de diamant. L'eau étincela au fond de l'herbe. Les bêtes commencèrent à composer leur tapisserie vivante au pied de la grande montagne.

Alors cette beauté fut de nouveau toute fraîche, toute neuve pour mes yeux et telle qu'ils l'avaient découverte dans un matin sans précédent. La nature avait beau répéter éternellement ses miracles, elle ne perdait rien, elle, de sa splendeur et de son intégrité. Et le désir me revint de partager la liberté et l'innocence des troupeaux sauvages. Et il était tout aussi violent qu'à mon arrivée en ces lieux, car, en quoi, véritablement, l'avais-je satisfait?

Je m'habillai donc et suivis la bordure des grands épineux. Il me semblait que je vivais un demi-rêve, que tout allait recommencer comme à l'aurore de mon premier jour en ces lieux. Si bien que, parvenu à l'endroit où je devais quitter le couvert des arbres, je m'arrêtai un instant pour écouter la voix de Patricia.

Sa voix dit en effet :

— N'allez pas plus loin, c'est défendu.

Mais justement parce que je l'avais pressenti, cet appel insonore, clandestin m'étonna, m'effraya beaucoup plus que le matin où je l'avais entendu sans m'y attendre. C'était trop de coïncidences. C'était une hallucination que j'avais moi-même fabriquée.

Or, quand je me retournai, la petite fille en salopette grise, aux cheveux coiffés en boule, s'appuyait contre le même arbre. Seulement, cette fois, elle riait.

— C'est de la sorcellerie..., lui dis-je. Nicolas... Cymbeline... Et vous maintenant.

Le rire silencieux de Patricia devint plus vif, plus intense. La malice la plus charmante dansait au fond de ses yeux.

— Je pensais bien que vous ne devineriez pas, dit-elle. Mais c'est moi, voyons, qui les ai envoyés chez vous. Je savais bien que cela vous ferait venir jusqu'ici.

Je ris sans bruit, comme elle. Puis avec elle, je regardai les bêtes.

Je reconnus, à la ravine qui mutilait son dos, le rhinocéros qui nous avait chargés... Je me disais que le petit zèbre qui roulait dans la boue et l'herbe ses flancs rayés pouvait être le frère du poulain dont les petits guépards avaient dépecé les restes. Et voyant paître les buffles, je pensai à celui qui, dans sa course suprême, avait emporté King accroché à son garrot.

Et bien d'autres pensées, d'autres associations d'images me venaient à l'esprit. Je les confiais à Patricia. Elle approuvait, corrigeait, expliquait.

Soudain, elle me dit très sérieusement :

— Je me demande ce que vous faites en général dans la vie.

— Je voyage... je regarde, lui dis-je. C'est très amusant.

— Assurément, dit Patricia. Mais c'est tout ?

— Non... Après, j'écris.

— Quoi ?

— Ce que j'ai vu en voyage.

— Pourquoi ?

— Pour les gens qui ne peuvent pas voyager.

— Je comprends, dit Patricia.

Une ride se creusa entre les sourcils de la petite fille. Elle me demanda en indiquant les bêtes :

— Vous allez écrire sur elles ?

— Je ne crois pas, dis-je.

— Vous aurez raison. Vous ne sauriez pas, dit la petite fille.

— Je l'avais bien compris.

— Pourquoi ?

— A cause de vous.

Patricia eut un petit rire amical et me prit la main.

— Il faudra, dit-elle, revenir chez nous, souvent, longtemps... Alors, peut-être...

Elle rit encore et ajouta :

— Il est temps que j'aille parler à mes amis. Attendez-moi.

La silhouette mince et frêle et grise fila entre les hautes herbes, les buissons, les larges flaques pour chuchoter les maîtres mots aux bêtes du Kilimand-jaro.

Je m'appuyai contre un arbre et fixai mes yeux sur le sommet de la montagne et ses neiges couleur d'aurore.

Après quelques instants de rêverie, je ramenai mon regard au sol pour y chercher Patricia. Je l'aperçus aisément. Elle n'avait pas encore rejoint le gros des bêtes. Et puis, je faillis crier d'épouvante : sur les pas de la petite fille, une forme sombre et mince se déplaçait rapidement au ras des herbes, précédée par une tête triangulaire et plate qui brillait au soleil. Est-ce que les charmes de Patricia s'éten-daient aux reptiles ? Et Kihoro — fût-il le meilleur tireur du monde — pouvait-il toucher cette cible ondoyante, furtive ? J'étais prêt à céder à la panique, à héler le trappeur borgne, à courir vers Patricia... que sais-je. Mais la petite fille s'arrêta auprès d'une gazelle et la forme noire se redressa lentement. Elle devint alors un corps d'homme, nu et beau, muni d'une lance et couronné d'une chevelure profilée comme un casque et qui avait la couleur de l'argile.

Je criai :

— Patricia, prenez garde ! Oriounga !

Est-ce que la voix m'avait manqué ? Est-ce que le vent était contraire ? Mon avertissement n'atteignit pas la petite fille. Il ne réussit qu'à effaroucher une bande d'antilopes, à faire galoper quelques zèbres qui passaient près de moi. Et déjà il était trop tard. Le *morane* avait rejoint Patricia.

Je retins ma respiration. Mais il n'arriva rien. Simplement Oriounga et la petite fille continuèrent leur chemin ensemble. Oriounga, aussi, était habitué aux bêtes sauvages et peut-être possédait-il égale-ment les maîtres mots.

Le soleil était beaucoup plus haut et plus chaud

dans le ciel quand Patricia revint, seule. Elle me demanda en riant :

— Vous avez vu le *morane* ?

— Oui (et ma gorge était sèche). Eh bien ?

— Il a passé la nuit aux environs de notre bungalow, dans le bois, à guetter que je sorte, dit Patricia.

— Pourquoi ?

— Pour être sûr de me suivre et de me parler, dit Patricia.

— Qu'est-ce qu'il voulait ?

— Savoir si je suis la fille du grand lion ou bien une sorcière, dit Patricia qui riait de nouveau.

— Et vous lui avez répondu ?

— Qu'il devine, dit Patricia.

Elle me considéra en clignant de l'œil et dit :

— Vous le saviez, vous, qu'il se cachait hier, près de la maison de King, et qu'il a vu toute l'histoire avec les lionnes ?

— C'est vrai, dis-je.

— Pourquoi ne m'avez-vous pas prévenue ? demanda la petite fille.

Je ne répondis pas. Patricia cligna de l'autre œil.

— Oh ! je le sais, dit-elle. Vous avez peur de lui pour moi. Mais vous avez tort. Il ne peut rien. Je suis une femme blanche.

Elle se plia tout à coup en deux sous l'afflux d'un rire étouffant et d'autant plus difficile à supporter qu'il devait, à cause des bêtes, demeurer silencieux. Quand Patricia l'eut maîtriser, elle reprit :

— Il m'a demandée en mariage.

— Et alors ? dis-je.

— Alors, dit Patricia, je lui ai conseillé d'en parler à King.

— Je ne voulus pas admettre dans ma conscience tout ce que ses paroles impliquaient et dis :

— Je ne comprends pas.

— C'est pourtant bien simple, répliqua la petite fille. J'ai raconté au *morane* l'endroit où je vois King chaque jour. Et je lui ai dit qu'il n'oserait pas venir là sans armes. (Patricia hocha gravement la tête.) King déteste les Noirs qui portent des lances. Il sait peut-être que ses parents ont été tués par des hommes comme eux.

— Mais vous m'avez dit vous-même que les Masaï étaient fous d'orgueil? m'écriai-je.

— Eh bien? demanda la petite fille avec une ingénuité parfaitement jouée.

— Oriounga ne peut pas manquer de venir, maintenant.

— Vous croyez? dit Patricia.

Sa voix gardait la même innocence, mais elle cligna des deux yeux, presque à la fois.

Et Oriounga vint.

A peine étions-nous installés sous l'arbre aux longues branches en compagnie de King — il me traitait maintenant en vieil ami — que le *morane* se détacha d'un fourré où sans doute il guettait depuis longtemps et marcha vers nous. Il n'avait rien sur lui que la pièce d'étoffe grise jetée sur une épaule qui, à chaque foulée, découvrait tout son corps

Le grand lion gronda sourdement. Ses yeux jaunes se fixèrent avec hostilité sur Oriounga. Il n'aimait pas ce Noir inconnu à la rouge chevelure qui approchait avec arrogance et le défiait du regard.

King tourna la tête vers Patricia pour lui demander conseil.

— Reste assis, dit la petite fille.

King continua de gronder mais ne bougea point.

Oriounga entra dans l'ombre des branches, passa si près du lion qu'il lui effleura le mufle d'un pan de son étoffe flottante et alla s'adosser contre le tronc de l'arbre.

Patricia se leva et King avec elle. Mais comme la petite fille tenait sa main posée sur la nuque énorme, le lion se laissa conduire lentement vers le *morane*. Patricia et King s'arrêtèrent à trois pas de lui.

Il les considérait, parfaitement immobile, le cou droit, la tête haute sous le casque de cheveux et d'argile. La gueule de King s'ouvrit. Les crocs brillèrent. L'une de ses pattes de devant où les griffes avaient surgi labourait le sol. Oriounga sourit avec dédain.

Alors, ainsi qu'elle l'avait fait pour moi, Patricia lâcha King contre le *morane* et le retint, le lâcha de nouveau et le retint encore. Mais aujourd'hui, ce n'était pas seulement pour satisfaire la petite fille que le lion prenait son élan et rugissait. C'était pour son propre compte. Il haïssait Oriounga de tout son instinct. On eût dit qu'il flairait dans l'homme adossé à l'arbre toute une race qui, depuis toujours, s'était contre la sienne acharnée. Et Patricia devait user de tout son empire sur King pour maîtriser sa fureur.

Durant ces assauts répétés, suspendus et repris, où la gueule de King n'était qu'à un pouce de la gorge offerte, et où le *morane* sentait la chaleur du souffle léonin, pas un muscle ne tressaillit sur le sombre corps d'athlète et d'éphèbe, pas une fibre ne remua sur le visage hautain.

Est-ce que Oriounga était certain de se voir protégé jusqu'au bout par la petite fille blanche ? Était-ce la bravoure d'un orgueil insensé ? Ou l'orgueil d'une bravoure sans défaut ? Ou bien encore et, en vérité, était-ce, par-delà le raisonnement, la bravoure et l'orgueil, une fidélité obscure et toute-puissante aux mythes de la tribu, aux ombres innombrables et sans âge de tous les *moranes* du peuple masaï, tour à tour victimes et tueurs de lions ?

Je ne pouvais détacher mon regard d'Oriounga et j'avais peur. Mais non pas pour lui. Après ce que j'avais vu du pouvoir de Patricia, j'avais le sentiment que, dans le domaine des bêtes sauvages, tout lui était possible et permis. Mais les bêtes ne suffisaient plus à son jeu, je le voyais bien. La petite fille éprouvait le besoin d'y mêler les hommes afin d'étendre sa puissance dans le même instant sur deux règnes interdits l'un à l'autre.

Soudain, Oriounga leva le bras droit et parla rudement.

— Il veut s'en aller, dit Patricia, parce qu'il ne veut pas servir de jouet — même à un lion.

Oriounga passa devant King hérissé et grondant que Patricia retenait de toutes ses forces par la crinière et s'éloigna de son pas nonchalant et ailé. Arrivé à la limite de l'ombre portée par les longues branches, il se retourna et parla encore.

— La prochaine fois, il aura sa lance, me dit Patricia.

Le *morane* avait disparu depuis longtemps dans la brousse que le grand lion tremblait encore de fureur. Patricia s'étendit entre ses pattes, contre son poitrail. Alors seulement il se calma.

XI

Le même jour, vers le milieu de l'après-midi, Sybil arriva dans ma hutte, à l'improviste. Elle m'avait bien dit qu'elle viendrait chez moi pour un entretien où nous serions seuls. Mais j'avais pensé qu'elle me ferait prévenir à l'avance de sa visite. Ce manquement aux conventions me surprit moins toutefois que le comportement de la jeune femme. Elle était simple, calme et gaie et ne portait pas ses affreuses lunettes noires.

Je m'excusai de ne pas avoir de thé à lui offrir sur-le-champ. Je n'en prenais que le matin et tiré d'une bouteille Thermos.

— Mais je vais appeler un boy ou Bogo, dis-je à Sybil.

Elle m'interrompit avec bonne humeur.

— Vous préférez le whisky, n'est-ce pas, à cette heure ? Eh bien à la vérité, moi, c'est le gin avec un peu de lime.

J'étais encore riche en alcools et en ingrédients qui les accompagnent. Je les posai sur la table de la véranda et remplis les verres.

— Quand je pense, dit Sybil, à la corvée que je vous ai infligée pour votre premier soir ici, par seul besoin de montrer notre argenterie et notre vaisselle.

Elle eut un sourire un peu ironique et un peu triste et dit encore :

— Par moments, on se raccroche à n'importe quoi.

Je n'osais plus regarder Sybil en face. Je craignais de lui montrer combien j'avais de peine à croire à tant de naturel de sa part et de lucidité.

Elle but une gorgée de son breuvage et reprit à mi-voix :

— C'est vraiment bon... Trop bon... Trop facile... Il n'y a qu'à voir certaines femmes de colons ou même de Nairobi. Et j'ai les nerfs déjà assez malades.

Elle fixa un instant sur les miens ses yeux devenus très beaux et dit avec une simplicité et une émotion singulières :

— Vous nous avez fait à tous un bien immense. Regardez John, regardez la petite... Voyez comme je suis moi-même.

La franchise de Sybil était contagieuse.

— Croyez-vous vraiment que mon mérite person-nel soit en cause ? lui demandai-je. Vous aviez besoin tout simplement de parler à quelqu'un qui ne fût pas engagé dans vos problèmes de famille.

— C'est juste, dit Sybil. Nous ne pouvons plus parler entre nous des choses qui importent.

Elle inclina la tête. Elle abaissa presque complète-ment ses paupières. Mais elle n'hésita pas à s'ouvrir davantage encore. Il semblait qu'elle voulût profiter d'une dernière chance. Elle dit :

— Ce n'est pas par manque d'amour. Au contraire. C'est par excès.

Pour me regarder en face, la jeune femme releva son visage. Il exprimait en cet instant une résolution et un courage désespérés. La résolution, à tout prix, de voir clair en soi et autour de soi et le courage de dire ce qui a été vu.

— Vous comprenez, reprit Sybil, nous nous aimons assez pour sentir à l'extrême le mal que chacun de nous fait aux autres et nous ne pouvons pas le supporter. Alors, chacun veut, chacun doit rejeter la faute sur les autres.

Les traits de Sybil s'étaient creusés, crispés, mais son calme et sa fermeté demeuraient les mêmes. Elle continua d'une voix égale.

— Moi, je me dis que John est une brute insensible à tout sauf à ses bêtes et qu'il se moque bien de l'avenir et du bonheur de Patricia... Et John se dit (Sybil eut un sourire très doux et très beau) — oh! bien rarement et bien timidement, j'en suis sûre — mais tout de même, il se dit que je suis une névrosée des villes, que je ne comprends rien à la grandeur de la brousse et que, par snobisme et hystérie, je veux faire le malheur de Patricia. Et la petite se persuade que je préfère la voir mourir à Nairobi plutôt qu'heureuse ici, avec son lion. Et si son père essaie de lui faire entendre un mot de raison, elle est sûre que c'est uniquement pour prendre mon parti et nous déteste ensemble. Et quand John, le malheureux, veut ménager sa fille, je les accuse de se liguer contre moi.

Sybil croisa ses mains osseuses sur la table et les serra si fort l'une contre l'autre que les phalanges craquèrent. Son regard était toujours posé sur le mien, mais il n'attendait pas de réponse.

— Si nous pouvions au moins entretenir indéfiniment cette colère injuste, l'existence serait plus facile, peut-être, dit Sybil. On aurait pour soi le sentiment du droit, de la vertu offensée. Mais nous nous aimons trop pour ne pas sentir très vite la bêtise, la laideur de ces crises. Alors on verse dans la pitié. Ils ont pitié de moi, j'ai pitié d'eux. Moi, je le vois à chaque occasion. Eux, moins sans doute Qu'importe ! Ni eux ni moi ne voulons de pitié.

Cette fois, la lèvre inférieure de la jeune femme avait tremblé et sa voix était montée d'un ton. Je ne disais rien parce que je ne pouvais rien dire

— Le pire, voyez-vous, poursuivit Sybil, c'est le moment où l'on n'est plus porté par la colère ou déchiré par la pitié. C'est quand on est tranquille ou lucide. Parce que là, on voit qu'il n'y a rien à faire.

Il m'était trop difficile de supporter une telle cruauté à l'égard de soi-même sans intervenir.

— Vous ne pouvez pas, dis-je, être certaine de cela.

Sybil secoua la tête.

— Il n'y a rien à faire, dit-elle. Non, il n'y a rien à faire quand les gens s'aiment trop pour pouvoir vivre l'un sans l'autre, mais qu'ils ne sont pas faits de manière à pouvoir mener la même vie, et que ce n'est la faute de personne. Eux, ils ne le savent pas encore. Patricia, grâce à Dieu, est trop petite. John, par bonheur, est trop simple. Le moindre répit, comme celui que nous avons, et ils croient de nouveau tout possible. Mais moi, je sais.

Sybil se tut. Et, contemplant son profil émacié et déjà flétri, j'éprouvais un sentiment mêlé de chagrin, de tendresse et de faute.

— Voilà cette femme, pensais-je, dont j'ai cru si vite qu'elle était vaine, stupide et butée parce qu'elle gardait une admiration naïve pour une amie de collège qui s'habillait avec recherche et qu'elle a pris un grand plaisir à me donner un thé de cérémonie. Elle m'inspirait au mieux une pitié méprisante. Alors que son tourment vient de l'intelligence la plus aiguë et de la sensibilité la plus fine.

Le regard tourné vers le Kilimandjaro, Sybil, soudain, s'écria :

— Ils pensent que je suis aveugle à la beauté, à la majesté, à la sauvagerie, à la poésie de ce Parc. Et que pour cela je ne peux pas les comprendre.

La voix de la jeune femme se brisa. Elle éleva les mains à la hauteur de ses tempes.

— Mon Dieu ! Si seulement cela pouvait être vrai, dit-elle, est-ce qu'alors je souffrirais autant ?

Elle se retourna vers moi d'un mouvement brusque et se mit à parler avec une passion subite :

— J'ai un souvenir... Il faut que je vous le raconte... Un souvenir du temps où je ne connaissais pas encore les terreurs contre quoi je ne puis rien. J'accompagnais toujours John... Et j'aimais cela... Un jour, nous étions de ce côté (Sybil pointait un doigt vers l'horizon à l'est de la grande montagne), sur une piste qui traversait une savane et s'arrêtait à une forêt profonde d'un vert très foncé, presque noir. Derrière, on voyait très bien le Kilimandjaro. C'est là, juste à la limite de la brousse et de la forêt, que nous les avons aperçus : l'éléphant et le rhinocéros. Ils se tenaient face à face, l'un contre l'autre, corne contre trompe. Ils s'étaient rencontrés au sortir des arbres sur le même sentier, et aucun ne voulait céder le passage. John m'a dit que c'était toujours ainsi. Vous comprenez : les deux monstres les plus puissants de la nature... L'orgueil... Ils se sont battus à mort sous nos yeux. Le fond du combat était ce mur de verdure sombre et, plus loin, la montagne. L'éléphant a eu le dessus — comme toujours, dit John. Il a fini par renverser le rhino d'un coup d'épaule — quel coup et quelle épaule ! — et par le piétiner. Mais les entrailles lui sortaient du ventre. John a dû le faire abattre peu après... Eh bien, j'aurais voulu que ce combat dure sans fin. C'était toute la force et la férocité du monde. Le commencement et la fin des temps. Et moi, je n'étais plus une femme quelconque, chétive, craintive. J'étais tout cela...

Le manque de souffle empêcha Sybil de continuer. Au bout d'un instant, elle dit :

— Voulez-vous me donner un autre gin, je vous prie.

Elle but d'un trait et reprit :

— Si je n'avais pas senti cela moi-même et au plus profond, est-ce que j'aurais pu comprendre ce que la brousse et ses bêtes sont pour un homme comme John ? Et alors, croyez-vous que je ne l'aurais pas décidé, obligé à vivre à Nairobi ? Car il l'aurait fait pour moi, le pauvre cher John.

Le sourire et les yeux de la jeune femme exprimaient en cet instant un amour sans mesure.

— John et moi, nous nous arrangerons toujours, poursuivit rapidement Sybil. Ce n'est pas de nous que je suis venue vous parler.

Elle fit une pause très brève, comme pour reprendre ses forces, et dit avec violence :

— Mais il faut enlever d'ici Patricia. Il le faut, croyez-moi. Vous le voyez : je ne suis pas encore folle. Je sais ce que je dis. J'ai réfléchi clairement pendant ce répit. Pension ou maison privée. Nairobi ou Europe, il faut que l'enfant s'en aille et s'en aille vite. Il sera trop tard, bientôt. Et je ne pense pas à son éducation, à ses manières. Je peux encore m'en charger. Mais je pense à sa sécurité, à sa vie. J'ai peur.

— King ? Les bêtes ? demandai-je.

— Est-ce que je le sais ! dit Sybil. C'est tout ensemble. C'est la tension, la passion de l'enfant. C'est le climat, la nature, l'entourage. Cela ne peut pas durer. Cela doit finir mal.

Je pensai à Oriounga. Sybil ignorait son existence mais elle sentit que je partageais sa crainte. Elle me dit avec autorité :

— Vous avez toute la confiance de la petite. Faites l'impossible pour la convaincre.

Sybil se leva et dit encore :

— Je compte sur vous.

Elle descendit lentement le perron pour retourner vers la solitude et l'amour qui se refermaient sur elle, son mari et sa fille, comme les mâchoires d'un piège.

Le soir venait quand Patricia gravit en courant les marches de ma hutte. Les joues lisses de la petite fille étaient toutes brunes de soleil et toutes roses de plaisir. King lui avait montré une tendresse plus vive encore que de coutume. C'était, Patricia en avait la certitude, pour lui faire pardonner la grossièreté, la méchanceté des lionnes.

Je laissais bavarder Patricia tout son gré. Mais, comme elle prenait congé de moi, je lui dis :

— Il faudra bientôt que je parte, vous le savez ?

Elle eut soudain des yeux très tristes et répondit à voix basse :

— Je le sais bien... C'est la vie.

— Vous ne voudriez pas venir avec moi en France ? demandai-je.

— Combien de jours ? dit Patricia.

— Assez longtemps, dis-je, pour aller dans les grands magasins, les beaux théâtres, pour avoir des amies de votre âge.

La figure de la petite fille, si confiante et si tendre un instant plus tôt, s'était refermée, durcie, ensauvagée.

— Vous parlez comme maman, cria-t-elle. Êtes-vous son ami ou le mien ?

Je me rappelai les propos de Sybil sur l'usage

instinctif de l'injustice pour étouffer la souffrance. Je dis à Patricia :

— Je n'ai pas à choisir. J'ai toujours été de votre côté.

Mais la petite fille continuait à me considérer avec colère.

— Vous pensez, vous aussi, qu'il vaut mieux pour moi que je parte !

Je ne répondis pas. Les lèvres de Patricia étaient blanches et minces.

— Je ne quitterai jamais ce Parc, cria-t-elle. Jamais ! Si on veut m'y forcer, je me cacherai dans le village nègre ou chez les Masaï ou enfin j'irai chez King et je m'entendrai avec ses femmes et je soignerai ses enfants.

J'eus beaucoup de mal à faire ma paix avec Patricia. Quand j'y fus parvenu, elle retrouva toute sa gentillesse pour me dire :

— Vous n'êtes pas méchant, au fond, et je sais bien pourquoi vous voulez m'emmener. Vous avez peur pour moi.

Elle haussa ses épaules légères et s'écria .

— Mais de quoi, mon Dieu !

XII

J'appris la nouvelle par Bogo. Chez les Masaï, le vieil Ol'Kalou était mort. Le clan venait de choisir pour lui succéder un autre homme dur et sage. Bogo savait même son nom : Waïnana. Il savait également que, à cette occasion, il y aurait fête à la *manyatta,* aujourd'hui.

Je remerciai mon chauffeur de m'avoir informé si vite. Mais Bogo avait encore quelque chose à dire et qui, visiblement, l'embarrassait. Il triturait les grands boutons plats en métal blanc qui ornaient sa livrée. Les rides et les plis de son visage remuaient beaucoup. Je fis semblant de ne rien remarquer. Enfin, Bogo fixa son regard sur le bout carré et à grosse coutures de ses souliers jaunes et dit :

— Monsieur voudra certainement aller à cette fête. Monsieur s'intéresse toujours à ces choses.

— C'est vrai, dis-je. Eh bien ?

Bogo leva sur moi des yeux misérables et dit d'un seul souffle :

— Ces Masaï deviennent fous dans leurs danses. Et ils ont toujours leur javelot à la main et ils se rappellent les vieilles guerres avec nous, les Kikouyou. Si Monsieur avait la bonté de se faire conduire à la *manyatta* par le maître du Parc.

— Bien volontiers, dis-je, mais est-ce que...

Pour la première fois depuis que nous voyagions ensemble, Bogo s'oublia suffisamment pour m'interrompre.

— Il y va, il y va, Monsieur, s'écria-t-il. Les Masaï l'ont invité. Waïnana lui parle en ce moment au village.

De ma hutte au hameau noir, il y avait, au plus, cinq minutes de marche. Je m'y rendais toujours à pied. Cette fois, Bogo voulut à toute force m'y conduire. Il témoignait par là de la gratitude qu'il me devait et de l'impatience qu'il avait de se voir libérer à coup sûr du voyage à la *manyatta*.

Je trouvai Bullit en compagnie du Masaï un peu moins âgé que ne l'avait été Ol'Kalou et plus débonnaire, du moins de traits. Mais ses yeux vifs, âpres et rusés démentaient cette bonhomie. Les lobes de ses oreilles, décollés du cartilage par un long et patient travail, pendaient jusqu'aux épaules. Il s'exprimait en swahili.

— Vous êtes déjà au courant, me dit Bullit. Le tam-tam de ce Parc royal fonctionne à merveille, je le vois !... Bien sûr, je vais à leur fête. C'est une obligation de politesse. Ils commencent vers midi. On vous prendra un peu avant.

J'achevais un repas froid à l'intérieur de la hutte, quand Bullit vint me chercher. Sous la toison rousse, son visage avait une expression enfantine de joie et de mystère.

Je compris pourquoi en voyant que dans la Land Rover, en même temps que Patricia, se trouvait Sybil.

— Vous voyez, dit-elle en souriant de ma surprise, à quel point je vais mieux. Je reprends goût à la couleur locale.

La jeune femme, qui ne savait rien encore du

résultat de mon entretien avec Patricia, prit sa fille sur ses genoux pour me ménager une place à l'avant de la voiture et nous allâmes prendre trois *rangers* au village.

— C'est une précaution ? demandai-je à Bullit.

— Une précaution... quand nous sommes les hôtes des Masaï ! s'écria-t-il. Vous plaisantez !

— En somme, c'est pour vous faire honneur, dis-je.

— A eux, surtout, dit Bullit.

Il me regarda par-dessus la tête de Patricia et ajouta en clignant d'un œil, puis de l'autre, exactement comme le faisait parfois la petite fille :

— A cause de leur dignité.

Je me rappelai notre première rencontre et le mépris, la fureur de Bullit quand j'avais employé ce terme pour Bogo. Les clignements d'œil permettaient de mesurer le chemin que nous avions fait dans le sens de l'amitié.

— Le vieil Ol'Kalou, dis-je, était un grand seigneur.

— Et il est mort ainsi, dit Bullit. La bouse de vache a infecté une blessure qui venait des griffes d'un lion. Que peut souhaiter encore un vrai chef masaï ?

Sybil me dit :

— John est un des rares hommes blancs qui aient vu des *moranes* aller au lion.

Parce que sa femme était dans la voiture, Bullit conduisait beaucoup moins vite qu'à l'ordinaire. Et tandis que la brousse nue alternait avec la brousse boisée, et que le Kilimandjaro se dressait et disparaissait tour à tour, il eut tout loisir de me raconter l'un des combats fabuleux et rituels qui, jusqu'à un passé récent, avaient décimé le peuple des fauves et celui des Masaï

Un matin, à l'aube, dix ou douze jeunes hommes quittaient la *manyatta* pour le gîte du lion qu'ils avaient reconnu avec une patience inépuisable. Sous leur haute chevelure rouge et brillante de beurre, de sucs végétaux et d'argile, ils étaient nus. Seuls les fronts portaient un vêtement : les crinières des lions que les anciens du clan avaient tués lorsqu'ils étaient eux-mêmes des *moranes*. Pour attaquer, les jeunes hommes n'avaient qu'une lance et un coutelas. Pour se défendre, un bouclier.

Ainsi armés, ils encerclaient la tanière, rampant et glissant comme des reptiles. Quand leur anneau était assez étroit et serré pour qu'il y eût, à coup sûr, un homme dans le chemin du fauve, les *moranes* se dressaient ensemble avec des cris stridents, des insultes sauvages et faisaient sonner les fers des lances contre le cuir des boucliers. Le lion surgissait. Les javelots se plantaient dans sa chair. Il chargeait à mort.

— Je ne connais pas d'homme qui, à la place des *moranes*, disait Bullit, n'eût pas reculé au moins d'un pas et baissé la tête au moins d'un pouce. Même avec un calibre lourd dans les mains, on essaie de se faire plus petit quand un lion vient à vous de cette manière.

Mais les *moranes,* eux, s'élançaient à la rencontre de l'énorme fauve, projeté sur eux par toute sa fureur et toute sa puissance. Leurs cris de guerre étaient tellement stridents que les rugissements ne parvenaient pas à les couvrir. Leur cercle était devenu si réduit que, pour retrouver l'espace libre, le lion avait à rompre, abattre, ravager, lacérer un maillon de cet anneau si friable d'os et de muscles humains. Le *morane* qui se trouvait sur la trajectoire meurtrière, celui qui recevait contre son bouclier la force et la rage du choc s'écroulait aussitôt. Mais ni les crocs ni les griffes n'atteignaient son courage. Il s'agrippait au fauve. Et déjà tous les autres guerriers étaient sur la bête, enfonçaient leurs lances entre ses côtes, dans sa gueule et la frappaient à coups redoublés de leurs coutelas. Un, deux, trois *moranes* roulaient égorgés, éventrés, l'épaule, la nuque, l'échine rompues. Mais ils ne souffraient pas. Leur transe les rendait insensibles. Ils revenaient à l'assaut. Ils aidaient les autres. Et il en restait toujours assez pour terminer cette chasse frénétique, incroyable, pour massacrer, hacher le fauve. Les survivants revenaient alors à la *manyatta,* leur peau noire teinte de leur propre sang et du sang du lion et, à la pointe de leurs lances, ils faisaient flotter la crinière.

— Voilà de quoi est mort Ol'Kalou, acheva Bullit. Après cinquante ans. Comme un vieux soldat qui traîne sa blessure pendant un demi-siècle.

Patricia demanda à son père :

— Est-ce qu'il est arrivé à un *morane* d'aller seul contre un lion ?

— Je n'en ai jamais entendu parler, dit Bullit. Ils sont fous, mais il leur faut au moins l'espoir d'une chance.

A ce moment, s'ouvrit devant nous la grande savane où était située la *manyatta*. On apercevait dans le fond le faible pli du sol qui la portait. Bullit poussa la voiture sur le terrain propice. Nous fûmes rapidement aux abords de l'éminence couronnée par l'espèce de termitière ovale qui servait d'abri au clan masaï. Patricia me dit alors :

— Vous et moi, on ferait bien de s'arrêter ici et de se promener un peu. Avant la fête, il y a toujours beaucoup de discours et d'ennui. C'est bien plus amusant d'arriver quand tout a vraiment commencé.

Je consultai du regard Bullit et Sybil.

— Elle n'a pas tout à fait tort, dit Sybil en souriant.

— C'est une vieille habituée, dit Bullit avec un grand rire.

Je descendis de voiture, Patricia, avant de quitter les genoux de sa mère, l'embrassa avec élan. Les yeux de Sybil cherchèrent les miens par-dessus les cheveux de la petite fille. Je devinai à leur expression que Sybil croyait que j'avais convaincu Patricia de changer de vie. Je n'eus pas le temps de la détromper, fût-ce d'un signe. Patricia m'avait pris par la main et m'entraînait.

Quand elle vit la Land Rover s'engager sur la pente douce qui conduisait à la *manyatta,* Patricia me dit :

— A vous, je peux avouer la vérité. C'est pour faire une surprise aux Masaï que je veux attendre. Ils ont trop envie de me voir, j'en suis sûre. Vous pensez bien qu'Oriounga leur a parlé de King. Alors, ils vont croire que je ne viens pas. Et tout à coup, me voilà. Vous comprenez ?

Patricia rit silencieusement et cligna de l'œil. Puis, contournant la petite colline, elle me conduisit jusqu'aux haies d'épineux qui contenaient le bétail.

— Là, nous sommes à l'abri, dit-elle. On va s'étendre et laisser passer le temps.

Je fis comme Patricia. Mais je n'avais pas la faculté qu'elle possédait naturellement de fermer sa pensée aussi bien que les yeux et de subir sans malaise les feux du soleil tropical au sommet de sa course, sur une terre qui, à travers l'herbe sèche et les vêtements, brûlait le corps. A cause de cela, sans doute, je fus le premier averti ou incommodé par une odeur en même temps fétide et suave. Elle ne venait pas de l'enclos des vaches, ainsi que je l'avais cru d'abord, mais d'un rideau de buissons qui en était assez éloigné. Je le fis remarquer à Patricia.

— Je sais, dit-elle avec paresse. Quelque bête morte.

Elle referma de nouveau les yeux mais les rouvrit aussitôt et se redressa sur un coude. Une plainte s'était élevée de ces mêmes buissons. Et, toute basse et faible qu'elle fût, elle ressemblait à une plainte humaine. Elle cessa, reprit et se tut de nouveau. Patricia tourna la tête vers le sommet de la petite colline. Une rumeur barbare scandée par des battements de mains résonnait dans la *manyatta*.

— Ils ont commencé la fête et ne pensent à rien d'autre, dit Patricia. On peut aller à ces buissons sans risquer d'être vus.

À mesure que nous approchions des arbustes, l'odeur devenait plus épaisse et d'une douceur immonde.

— La charogne sent autrement, murmura Patricia.

En effet, ce n'était pas d'une bête crevée qu'émanait la puanteur, mais d'un homme à l'agonie. Et l'homme était le vieil Ol'Kalou.

Il ne pouvait plus reconnaître personne. La gangrène dont l'horrible parfum flottait sur la brousse achevait son ouvrage. Mais il vivait encore. Des frissons secouaient ses membres décharnés et faisaient pour un instant lever l'essaim de mouches collé à sa plaie en putrescence. Sa gorge émettait les chuintements réguliers du râle.

— Qu'est-ce que cela veut dire ? m'écriai-je. Tout le monde assure qu'il est mort.

— Mais il *est* mort puisqu'il ne peut plus vivre, dit Patricia.

Il n'y avait pas trace d'émotion dans sa voix et ses grands yeux fixés sur Ol'Kalou étaient paisibles.

— Mais les siens auraient pu le soigner, dis-je, ou le garder tout au moins jusqu'à la fin.

— Pas les Masaï, dit Patricia.

Elle eut une fois de plus, sur le visage, cette expression de condescendance qui lui venait quand elle avait à m'enseigner des notions dont elle pensait qu'elles étaient les plus naturelles et les plus évidentes.

— Quand il meurt un homme ou une femme dans la *manyatta,* son esprit y reste, et il est très méchant pour tout le clan, dit Patricia. Et il faut tout de suite brûler la *manyatta* et s'en aller. Alors, pour éviter tant d'ennuis, la personne qui va mourir, on la jette dans un buisson. Comme ce vieux.

La voix de la petite fille était sans pitié ni crainte. Où et comment Patricia aurait-elle eu l'occasion et le temps d'apprendre le sens de la mort ?

— Bientôt, il ne sentira même plus mauvais, reprit Patricia. Les vautours et les chiens de brousse vont venir.

Au sommet de la petite colline, les cris éclataient avec frénésie.

— Il est temps, il est temps ! s'écria Patricia.

Elle voulut s'élancer. Je la retins par le bras.

— Attendez, lui dis-je. Il me semble qu'Ol'Kalou essaie de parler.

La petite fille écouta attentivement, puis haussa les épaules.

— Il répète la même chose, dit-elle. Lion... Lion... Lion...

Elle se mit à courir vers la *manyatta.* Je la suivis lentement. Le dernier délire d'Ol'Kalou m'obsédait. Le délire où revivait le fauve que le vieil homme avait tué en son temps de *morane* et qui, aujourd'hui, après cinquante années, le tuait à son tour.

XIII

Je n'arrivai pas à temps pour admirer l'effet que Patricia avait médité de produire. Mais il me fut donné, en quelque sorte, de l'entendre. Car au moment où je me trouvai à mi-pente de la colline, le tumulte qui résonnait dans la *manyatta* cessa d'un seul coup. Je pus mesurer à ce silence l'étonnement par lequel les Masaï honoraient la petite fille blanche qui commandait à un lion. Cet hommage fut très bref, d'ailleurs. Quand j'atteignis la chicane d'épineux par où l'on accédait à la *manyatta*, les bruits de la fête retentirent de nouveau et avec une force accrue. Et quand je pénétrai à l'intérieur, la fête masaï jaillit, éclata dans toutes ses sonorités, ses couleurs et son mouvement barbares.

Quel décor...

Quels personnages.

Basse et voûtée, couverte d'un seul tenant par une croûte qui était soulevée à intervalles réguliers par les arches de branchages sur lesquels j'avais vu, quelques jours plus tôt, couler une bouse liquide, la *manyatta* ressemblait à une longue chenille brune et annelée qui refermait sur elle ses anneaux. Dans l'espace que cette chenille enserrait ainsi, le clan était assemblé.

214

Tous, excepté une douzaine de jeunes hommes à qui le milieu de la plate-forme était réservé, se tenaient sur le pourtour, contre la paroi craquelée de la *manyatta*.

Les femmes et les filles portaient leurs atours les plus beaux : robes de cotonnades aux teintes crues ; cercles de métal blanc entassés sur la peau noire des cous, des bras et des chevilles ; bijoux de lave ou de cuivre arrachés aux lits secs des rivières et aux petits volcans éteints qui bosselaient la brousse. Les plus vieilles remuaient avec dignité les lobes de leurs oreilles devenues ficelles de peau racornie qui, détachées du cartilage et appesanties par des rouleaux d'étoffe, des morceaux de bois et de fer, traînaient sur leurs épaules.

Les hommes n'avaient que leur lance pour parure.

Tous, excepté les jeunes hommes qui, l'un derrière l'autre, tournaient au centre du terre-plein.

Chacun de ceux-là portait, outre la lance, un long coutelas taillé comme un glaive et un épais bouclier en cuir de vache teint d'une couleur violente et couvert de signes étranges. Et chacun d'eux avait quelque ornement : plumes d'autruches fixées au front, boucles d'oreilles en ivoire, colliers de verroterie. Mais seuls les trois *moranes,* qui allaient devant, portaient chevelure. Car les autres qui approchaient seulement l'âge privilégié ou venaient d'en sortir avaient la tête rase comme le reste de la tribu. Et seuls, les *moranes* étaient parés des trophées suprêmes, des dépouilles de lion : crocs, griffes, morceaux de peau fauve. Et c'était Oriounga, le plus grand, le plus beau, qui menait la file mouvante, c'était Oriounga qui portait, accrochée à son casque de nattes et d'argile rouges, la crinière royale.

Toutes les armes, tous les ornements frémissaient, tressaillaient, ondoyaient, cliquetaient au rythme des mouvements qui agitaient les jeunes corps vigoureux et sombres et dont le morceau d'étoffe jeté sur leur épaule ne cachait rien. L'un derrière l'autre, ils tournaient, tournaient, toujours plus vite et toujours plus contorsionnés.

Ce n'était pas une marche et ce n'était pas une danse. C'était une ronde faite de tressautements, de soubresauts, d'élans saccadés et aussitôt rompus. Rien ne réglait, ne liait ces pas. Chacun était son maître. Ou plutôt, chacun était maître d'abandonner son corps à la transe qui le désarticulait. Il n'y avait pas une attache, une jointure, une ligature, une phalange qui ne semblât animée de sa vie propre et ne fût secouée de sa propre convulsion.

Et ce n'était ni un langage ni un chant qui s'arrachait des poitrines et des gorges en sons épais et d'une raucité animale pour scander les vibrations des membres désunis. C'était une sorte de cri qui ne cessait pas. Heurté, brisé, étouffé, enivré. Chacun le poussait à sa façon, au gré du désir et de l'instant — et chez l'un dominait la joie et chez l'autre la souffrance, et chez l'un la plainte et chez l'autre le triomphe.

Et pourtant, dans ces mouvements sans frein, ni ordre ni forme, et dans ces voix sans cadence ni accord, il y avait une indéfinissable unité, une harmonie barbare qui ne relevait d'aucune loi, mais prenait aux entrailles.

Elle appartenait à un domaine qui échappait au pouvoir des gestes et des rythmes concertés. Elle venait de la profonde fièvre du sang, du défi au destin, du délire de bataille et d'amour, de l'extase tribale.

Les hommes et les femmes sur le pourtour de la *manyatta* en subissaient également la puissance. Ils criaient et battaient des mains, orchestre, chœur et

216

public à la fois. Et bien qu'immobiles, on les sentait engagés, emportés dans le piétinement convulsif des jeunes guerriers du clan et livrés par leur intermédiaire aux mêmes démons.

Les noirs visages de ces jeunes hommes dont les traits rigides ressemblaient à ceux que l'on voit sur les bas-reliefs de l'antique Égypte étaient des masques d'une funeste beauté. Et le plus beau, le plus mystérieux, le plus effrayant était, sous la masse des cheveux cuivrés et la crinière de lion, le *morane* Oriounga.

Quand je parvins à détacher mon regard de ces figures et de ces corps, qui avaient pour fond le mur bas de la *manyatta* et pour arrière-plan toute la brousse inondée de soleil, je vis Bullit et Sybil assis sur un carré d'étoffe pareil à celui qui servait de vêtement aux Masaï. Patricia se tenait entre eux, à genoux pour mieux voir. Je me glissai derrière leur groupe.

— Que disent-ils? demandai-je à la petite fille.

— Ils racontent la chasse d'Ol'Kalou quand il était jeune, chuchota Patricia, sans bouger. Les crocs, les griffes, la crinière étaient au lion qu'il a tué.

— Où en sont-ils? demandai-je encore.

— Ils ont entouré le lion, dit Patricia avec impatience. Laissez-moi écouter.

Sybil, alors, approcha lentement sa tête de la mienne et murmura en regardant le profil tendu de la petite fille:

— Eh bien? Elle accepte de partir?

— Je n'ai rien pu faire, dis-je tout bas.

Sybil ne changea pas d'expression. Seulement, d'un geste machinal, elle tira d'une poche ses lunettes noires et les mit. Il est vrai que le soleil frappait de toute sa force le terre-plein de la *manyatta*. Les yeux de Sybil, maintenant dissimulés, se fixèrent sur Patricia.

La petite fille ne faisait aucune attention à nous. Elle appartenait complètement à ce qui l'entourait et qui prenait chaque instant davantage un caractère de furie, de possession. Le piétinement qui faisait retentir la plate-forme était de plus en plus rapide et la ligne de marche de plus en plus brisée. Les secousses des membres, les torsions des reins, les déhanchements brutaux, les chocs des chevilles et des genoux, les convulsions des épaules et des ventres augmentaient toujours d'intensité, de rapidité, d'amplitude. Mais c'étaient les cous longs, noirs, robustes et flexibles à l'extrême qui, dans cette dislocation des corps, semblaient le ressort essentiel. Tantôt rentrés et comme effacés, tantôt jaillissants et dressés en minces colonnes ou rejetés, retournés, agités de mouvements reptiliens, désarticulés, invertébrés, ils menaient leur propre jeu, leur propre danse. Et à leur surface, les cris faisaient saillir veines et tendons ainsi que des nœuds de lianes.

Les hommes et les femmes rangés le long du mur de la *manyatta* reprenaient, multipliaient ces clameurs et, s'ils ne bougeaient pas de place, leurs cous commençaient à s'animer d'un rapide et sinueux balancement.

Les guerriers, soudain, bondirent tous ensemble, javelots et glaives tendus, boucliers brandis. Le métal des armes résonna contre le cuir épais.

Je me penchai sur Bullit assis devant moi et lui demandai :

— C'est bien la fin de la chasse qu'ils jouent ? La fin du lion ?

— Oui, dit Bullit sans se retourner.

Je m'aperçus alors qu'autour de sa nuque pesante les muscles tressaillaient. Je sentis que les miens étaient soumis à d'étranges tiraillements. Même sur nous agissait la frénésie masaï.

Mon regard alla vers Patricia. Elle se tenait droite et raide sur ses genoux réunis. Son visage était calme et lisse, mais ses lèvres remuaient très vite. Elle répétait en silence les syllabes hurlées par les guerriers et reprises en chœur par le reste du clan.

Seule, les yeux masqués par les verres sombres, Sybil échappait à la dure magie de cette fureur. Des crispations, sans doute, creusaient les joues de la jeune femme et la commissure de ses lèvres. Mais je les reconnaissais. Elles étaient les signes d'un mal chronique, du mal que les dernières journées, pourtant, semblaient avoir guéri. Je pensai à tout ce qu'elle m'avait dit sur la véranda et à cette intelligence lucide qui l'inspirait alors. Je songeai un instant à lui rappeler ses paroles afin qu'elle retrouvât la maîtrise de ses nerfs. Mais comment l'aurais-je pu et comment aurait-elle pu entendre ?

La ronde précipitait encore sa cadence disloquée : il n'y avait plus une intonation humaine dans les halètements, les grondements qui soulevaient les poitrines en sueur. Lances, glaives martelaient les boucliers. Les cous ressemblaient à de noires couleuvres saisies de spasmes furieux.

Soudain, deux, trois, dix petites filles quittèrent d'un même élan les places où elles s'étaient tenues jusque-là pour se former en file. Et cette file doubla celle des guerriers en transe et se mit à épouser, de la nuque aux orteils, tous les mouvements de cette transe. Les frêles attaches, les hanches étroites, les épaules sans chair étaient livrées aux tressaillements, saccades et sursauts, à toute la ronde épuisante et sauvage qui désarticulait les jeunes hommes. Seulement, il y avait un peu d'écume aux bouches hurlantes des petites filles et leurs yeux étaient révulsés.

Des ongles entrèrent dans ma paume : ceux de Sybil. Elle s'était redressée et disait :

— J'ai cru que je pourrais... Mais non... C'est trop ignoble... Ces petites... déjà... les femmes de ces fous furieux...

Sybil ajouta presque dans un cri :

— Demandez, demandez à John !

— C'est vrai, dit Bullit sans se retourner. Mais ne sont véritablement mariés que ceux-là qui sont sortis de l'état de *morane*. Les autres n'ont que les concubines.

La voix de Patricia s'éleva tout à coup, brève, rauque, méconnaissable :

— Je vous en supplie, ne parlez plus, dit-elle. C'est le grand moment. Les *moranes* sont rentrés à la *manyatta* avec les dépouilles du lion.

Les deux files parallèles se déployaient, se repliaient.

— Regardez la petite, chuchota Sybil. C'est horrible.

Patricia était à genoux, mais ses flancs, ses épaules et son cou — son cou surtout si tendre et si pur — commençaient à frémir, vibrer, se disloquer.

— John ! John ! appela Sybil.

Bullit ne répondit pas car, à cet instant, Oriounga, entraînant tous les autres à sa suite, vint se placer devant lui, et brandit son javelot en criant.

Je me tournai malgré moi vers les *rangers*. Ils étaient appuyés à leur fusil et riaient.

Bullit interrogea des yeux Waïnana, debout à ses côtés. Le nouveau chef du clan répéta en swahili les paroles du *morane*. Il parlait avec lenteur et application. Sybil comprit ce qu'il disait.

— John ! s'écria-t-elle. Il demande Patricia pour femme.

Bullit se releva sans hâte. Il enveloppa d'un bras les épaules de Sybil et lui dit très doucement :

— Ne vous effrayez pas, chérie. Ce n'est pas une insulte. Au contraire, c'est un honneur. Oriounga est leur plus beau *morane*.

— Et qu'est-ce que vous allez répondre ? demanda Sybil dont les lèvres blanchies remuaient difficilement.

— Qu'il n'est pas encore un homme et que nous verrons plus tard. Et comme ils quittent le Parc à la fin de cette semaine...

Il se tourna vers Waïnana, lui parla en swahili et Waïnana transmit le message à Oriounga.

Sybil grelottait, maintenant, malgré la chaleur accablante. Elle dit à Patricia d'une voix inégale et proche de l'hystérie :

— Lève-toi, voyons. Ne reste pas à genoux devant un sauvage.

Patricia obéit. Ses traits étaient paisibles mais ses yeux aux aguets. Elle attendait encore quelque chose.

Oriounga fixa sur elle un regard insensé, arracha de son front la crinière léonine, l'éleva très haut sur la pointe de sa lance et jeta vers le ciel une sorte d'invocation frénétique. Puis son cou s'affaissa, resurgit, ondula, vertèbre par vertèbre et, les membres désossés, le bassin comme rompu, les jointures disloquées, il reprit sa ronde. Les autres guerriers le suivirent, brisant leur corps à la même cadence. Contre leurs flancs, les petites filles aux lèvres écumantes et aux yeux perdus menaient la même convulsion.

Patricia eut un mouvement vers leur file. Les deux mains de Sybil s'agrippèrent à elle.

— Allons-nous-en, John, tout de suite ! cria la jeune femme. Je vais être malade.

— Très bien, chérie, dit Bullit. Mais je dois rester encore un peu. Sans quoi je leur ferais outrage. Il faut les comprendre. Ils ont leur dignité.

Cette fois, il n'y avait aucune ironie, aucun sous-entendu dans le mot.

Bullit me demanda :

— Raccompagnez Sybil et la petite, je vous prie. Un *ranger* vous conduira et me ramènera la Rover.

Nous étions loin de la *manyatta* mais nous entendions encore son tumulte. Dans la voiture, le silence n'en était que plus accentué. Pour le rompre, je demandai à Patricia :

— La fête va durer longtemps ?

— Toute la journée et toute la nuit, dit Patricia.

Sybil, qui tenait la petite fille sur ses genoux, aspira l'air comme au sortir d'un évanouissement. Elle se pencha sur les cheveux coupés en boule et demanda à Patricia :

— Qu'est-ce qu'il a crié, le *morane,* pour finir ?

— Je n'ai pas compris, et cela n'a sûrement aucune importance, maman chérie, dit Patricia avec gentillesse.

Elle mentait, j'en étais certain et je croyais savoir pourquoi.

XIV

Il me fallut attendre jusqu'au lendemain pour revoir Patricia. Et la matinée touchait à son terme lorsque la petite fille apparut dans ma hutte. Ni la gazelle ni le singe minuscule ne l'accompagnaient cette fois. Pourtant, elle ne venait pas de l'abreuvoir, elle ne s'était pas mêlée aux bêtes. Il n'y avait pas une goutte de boue, pas une trace d'argile humide sur ses petits souliers de brousse et la salopette qu'elle portait ce jour-là, d'un bleu pastel très usé, n'avait pas une tache, pas un pli.

— Je suis restée tout le temps avec maman, me dit tout de suite Patricia comme si elle avait à s'excuser de m'avoir négligé. Nous avons beaucoup travaillé et beaucoup parlé. Elle va bien, maintenant, tout à fait bien.

Le visage de Patricia était uni, calme, doux et très enfantin. Elle me sourit avec sa plus gentille malice et dit :

— Maman m'a permis de déjeuner chez vous.

— C'est parfait, dis-je, mais je n'ai rien que de froid.

— Je comptais bien là-dessus, dit la petite fille. On mangera plus vite.

— Vous êtes pressée ? demandai-je.

Elle ne répondit pas à ma question et s'écria :

— Vous allez me laisser faire. Montrez-moi où sont les provisions.

Il y avait dans la hutte-cuisine des boîtes de biscuits, de sardines, de corned-beef, de beurre, de fromage sec. Patricia, les sourcils joints, la langue un peu tirée, arrangea, mélangea toutes ces nourritures, les arrosa de moutardes et d'épices, les disposa sur la table de la véranda. Elle avait un visage sérieux, heureux.

Nous achevions notre repas quand Bogo survint pour préparer mon déjeuner. Kihoro était avec lui.

— Très bien, dit Patricia, on s'en va.

— Où ? demandai-je.

— L'arbre de King, dit Patricia.

— Si tôt ?

— On ne sait jamais, dit Patricia.

Ses grands yeux sombres me regardaient bien en face et ils portaient cette expression d'innocence et d'entêtement par où la petite fille signifiait qu'il était vain de lui demander la moindre explication.

Nous prîmes l'itinéraire habituel : la grande piste médiane, puis le sentier qui menait vers le lieu où la petite fille et le lion avaient leurs rendez-vous. Bogo, comme à l'ordinaire, arrêta la voiture dans ce sentier, peu après le croisement. Et comme à l'ordinaire, Kihoro fit semblant de rester avec lui. Nous avions fait route sans que j'eusse échangé un mot avec Patricia. Il en fut de même jusqu'à ce que nous eûmes atteint l'arbre épineux aux longues branches en parasol.

King n'était pas là.

— Vous voyez bien, dis-je à la petite fille.

— Ça m'est égal, je suis mieux ici pour attendre, répondit Patricia.

Elle s'allongea au pied de l'épineux.

— Comme on est bien, soupira-t-elle. Comme ça sent bon.

Je ne savais pas si elle entendait par là le parfum desséché et un peu âpre et comme piquant de la brousse ou l'odeur, insaisissable pour moi, que le grand lion avait laissée dans l'herbe.

— Oui, on est vraiment bien, murmura Patricia.

Elle semblait munie d'une patience inépuisable. Et assurée du succès de son attente.

Une belle antilope qui arrivait à grands bonds nonchalants nous découvrit derrière l'arbre, fit un écart énorme et disparut au galop.

— Elle nous a pris pour King, dit Patricia en riant aux éclats.

Puis elle ferma les yeux et dit rêveusement :

— Elle ressemblait un peu, surtout par la taille, à une bête qu'on ne rencontre jamais dans ce Parc.

La petite fille se haussa soudain sur un coude et poursuivit avec vivacité :

— Je ne l'ai pas connue, mais j'ai vu des photos, et mes parents m'ont beaucoup parlé de cette antilope. Elle avait été prise toute petite en Ouganda par un ami de mon père et il en avait fait cadeau à maman pour son mariage. Cette antilope, je ne sais pas très bien sa race. On l'appelait Ouganda-Cob. Maman l'a emmenée dans une ferme près du lac Naïvascha. Cette ferme, mon père l'avait louée après le mariage. Pour faire plaisir à maman, il a essayé d'être planteur pendant une année avant de venir dans ce Parc.

Patricia haussa l'épaule à laquelle était attaché le bras qui soutenait sa tête.

— Mon père... planteur dans un endroit où il y avait des hippopotames, de grands singes et des canards sauvages. Il passait son temps à regarder les hippos, à s'amuser avec les singes, à tirer les canards. Et savez-vous ce qu'il avait fait de l'Ouganda-Cob ? Il avait dressé l'antilope à chercher les oiseaux tombés dans les marécages et l'antilope était devenue plus maligne qu'un chien. Demandez-lui.

L'excitation de Patricia tomba brusquement et ce fut d'une voix toute différente qu'elle acheva :

— Quand nous serons rentrés.

Elle s'allongea de nouveau et répéta dans un souffle :

— Quand nous serons rentrés.

Quelle était la vision qui, derrière les paupières baissées, faisait d'un visage d'enfant un masque de passion et de mystère ? Je croyais le savoir. J'en étais sûr. Pourtant, j'avais peur, non seulement d'en parler, mais d'y penser même. Je m'assis près de Patricia. Elle ouvrit les yeux. Ils étaient doux et purs.

— Maman m'a encore demandé d'aller à la pension, dit Patricia... Elle était si triste et je l'aime tant... Elle ne peut pas savoir. (« Elle ne le sait que trop », pensai-je.) Alors j'ai promis, mais pour plus tard. (La petite fille cligna d'un œil.) Vous comprenez, ça sera longtemps plus tard. Mais maman a été contente. Et quand elle est contente qu'est-ce que je peux désirer de plus ?

D'un geste vague et ample, Patricia montrait la brousse, les forêts d'épineux, la neige du Kilimandjaro. Elle se mit à genoux pour avoir ses yeux au niveau des miens.

— Est-ce qu'il est possible de laisser tout cela ? demanda-t-elle.

Je détournai la tête. Je me sentais trop d'accord avec la petite fille.

— Je suis tellement heureuse, ici. Tellement ! dit Patricia dans un murmure nourri de certitude entière. Mon père le sait bien, lui.

Une brusque montée de sang colora d'un rose délicat ses joues brunies. Elle cria presque :

— Est-ce que je pourrais passer ma vie dans une pension sans le voir ? Et lui, qu'est-ce qu'il ferait sans moi ? On est si bien ensemble. Il est plus fort que tout le monde. Et il fait tout ce que je veux.

Patricia rit silencieusement.

— Et Kihoro ? Est-ce que je pourrais l'emmener ?

La petite fille hocha la tête :

— Maman, dit-elle, parle toujours des beaux jouets que les enfants ont dans les villes. Des jouets ! Des...

Patricia voulait répéter le mot dérisoire, mais elle n'y pensa plus. Au loin, entre les hautes herbes, une masse fauve et une toison en forme d'auréole venaient à nous. King marchait sans hâte. Il se croyait en avance. Chacun de ses pas faisait valoir la puissance magnifique de ses épaules et la majesté royale de sa foulée. Il ne regardait pas devant lui. Il dédaignait même de flairer. Pourquoi l'eût-il fait ? Ce n'était pas l'heure de sa chasse. Pour le reste ce n'était pas à lui de s'inquiéter des autres animaux, mais à eux de le craindre. Et l'homme, dans le Parc, était son ami.

Aussi le grand lion avançait-il avec nonchalance et superbe et si, de temps à autre, sa queue lui battait le flanc, ce n'était que pour le débarrasser des mouches.

Patricia le contemplait en retenant son souffle. On eût dit qu'elle le voyait pour la première fois. On eût dit qu'elle avait peur de briser un charme. Le soleil fit briller les yeux d'or. La petite fille ne put se maîtriser davantage. Elle modula le cri d'appel familier. La crinière de King se redressa. Le joyeux rugissement qui lui servait de rire se répandit dans la savane. Le grand lion fit un bond paisible et comme négligent, un autre, un troisième, et fut avec nous.

King lécha le visage de Patricia et me tendit son mufle que je grattai entre les yeux. Le plus étroit, le plus effilé me sembla, plus que jamais, cligner amicalement. Puis le lion s'étendit sur un flanc et souleva une de ses pattes de devant afin que la petite fille prît contre lui sa place accoutumée.

Mais Patricia n'en fit rien. Son humeur, son comportement avaient pris soudain un tour très bizarre. Elle qui, jusque-là, s'était montrée sereine et tendre et insoucieuse du temps, elle devint d'un seul coup, après l'arrivée de King, la proie d'une impatience qui touchait à la fureur.

Elle quitta en courant le couvert des branches et, la main sur les yeux, scruta la brousse dans toutes les directions. Puis elle revint s'accroupir sur ses talons, entre le lion et moi, se releva, se rassit. Je voulus parler. Elle me fit taire.

King, le mufle aplati contre l'herbe, contemplait Patricia et de temps à autre l'appelait d'un grondement affectueux. Il était là, sous leur arbre, Patricia tout près de lui et, pourtant, elle ne semblait pas s'apercevoir de sa présence. Il ne comprenait pas.

Tout délicatement, le lion étendit une patte et effleura l'épaule de Patricia. Elle, qui avait le regard fixé sur l'horizon, tressaillit de surprise et rejeta la patte. Le lion frémit de plaisir. Le jeu commençait enfin. Il toucha la petite fille un peu plus fort. Mais cette fois Patricia le repoussa en le frappant de toutes ses forces et cria sauvagement :

— Tiens-toi tranquille, idiot !

King se déplaça avec lenteur, s'accroupit sur le ventre. Sous les paupières pesantes et à peu près closes, ses yeux n'étaient plus qu'un fil jaune. Il ressemblait au sphinx. Mais c'est lui qui interrogeait Patricia du regard. Jamais il ne l'avait connue ainsi.

Il avança un peu le mufle, lécha très légèrement la joue de la petite fille. Elle lui donna un coup de poing sur les narines.

King secoua légèrement sa crinière, puis, sans pousser le moindre grondement, se leva, baissa la tête, nous tourna le dos et fit un pas pour s'en aller.

— Ah! non, cria Patricia. Tu ne vas pas me laisser! Ce n'est pas le jour!

Elle courut derrière King, agrippa la crinière, la tira à pleines mains, posa son visage enfiévré contre les narines du lion. Et King rit de nouveau et de nouveau se laissa glisser sur le flanc. Les yeux heureux du lion étaient de nouveau des yeux d'or. Patricia s'étendit contre lui. Mais elle ne quittait pas du regard la lointaine lisière de brousse.

Le bruit d'un moteur qu'on met en marche arriva jusqu'à nous. Je me levai instinctivement.

— Ne bougez pas, dit Patricia avec irritation. Votre imbécile de chauffeur noir aura eu peur de rester seul trop longtemps.

Son visage se crispa dans un effort de réflexion qui l'importunait. Elle murmura :

— Mais il n'est pas seul… Kihoro est avec lui.

J'aurais pu lui dire que le vieux trappeur borgne se tenait aux alentours, tout près, le fusil en alerte. Mais il m'était interdit d'avertir Patricia.

Quelques instants s'écoulèrent en silence. Et, enfin, émergea d'un fourré lointain l'homme que la petite fille avait attendu avec tant de passion et dont j'avais su, depuis que nous avions quitté la *manyatta*, qu'il viendrait.

Pourtant je ne reconnus pas cette silhouette. Elle semblait sortir de la nuit des temps. Un grand bouclier tenu à bout de bras la précédait et, couronnant la tête aux reflets d'argile et de cuivre, flottait, à la hauteur du fer de lance, l'auréole royale des lions.

Armé, paré selon la coutume sans âge, Oriounga le *morane* venait pour l'épreuve — qui d'un Masaï faisait un homme et pour gagner par elle Patricia.

Et plus ardent, plus brave, plus fort que les ancêtres, il venait seul.

Patricia et King furent debout dans le même instant. A travers les réflexes de ce corps fragile dont il connaissait tous les mouvements et toutes les odeurs depuis qu'il était né, le lion avait senti approcher l'insolite, le trouble, la menace. Maintenant, la petite fille et King, côte à côte, elle, le tenant par la crinière et lui, les babines légèrement retroussées sur les crocs terribles, regardaient grandir le guerrier masaï.

J'avais reculé pour m'adosser au tronc de l'épineux. Ce n'était point lâcheté, j'en suis certain ; si j'en avais été la proie, je n'aurais aucun scrupule à le dire. Mais ce sentiment ni celui du courage n'avaient de sens après tout ce que Patricia m'avait fait éprouver et connaître et qui, dans cet instant, s'accomplissait.

C'était la fin du jeu.

La petite fille l'avait soudain compris. Sa figure n'exprimait plus ni la gaieté, ni la curiosité, ni l'amusement, ni la colère, ni la tristesse. Pour la première fois, je voyais sur les traits de Patricia la surprise épouvantée devant le destin en marche, l'angoisse la plus nue et la plus enfantine devant l'événement qu'on ne peut plus arrêter.

Elle cria des paroles en masaï. Je compris qu'elle ordonnait, qu'elle priait Oriounga de ne plus avancer. Mais Oriounga agita sa lance, leva son bouclier, fit ondoyer la toison fauve qui ornait sa chevelure et avança plus vite.

Je cherchai du regard Kihoro. Il était là, à portée de balle. Il devait se montrer. Il devait empêcher. Je crus voir au bord d'un sentier, entre deux buissons, briller le métal d'une arme. Elle semblait suivre les mouvements du *morane*. Mais le reflet s'éteignit. Oriounga était à quelques pas de nous.

Un grondement sourd mais qui glaçait le sang ébranla la nuque et les côtes de King. Sa queue avait pris le mouvement du fléau. Il avait reconnu l'odeur du *morane*. Il sentait l'ennemi. Et l'ennemi avait cette fois une lance étincelante et un morceau de cuir aux couleurs barbares, et, surtout, surtout cette crinière.

— Tout doux, King, reste calme, écoute-moi, écoute-moi, dit Patricia.

Sa voix n'avait plus le ton du commandement, mais l'accent de la prière. Parce qu'elle avait peur et qu'elle le suppliait, King obéit.

Oriounga s'était arrêté. Il ramena son bouclier contre lui et poussa un cri dont la stridence me parut aller jusqu'au ciel.

— King, non! King, ne bouge pas, murmura Patricia. King obéit encore.

Oriounga rejeta une épaule en arrière et leva le bras dans le geste éternel des lanceurs de javelot. La longue tige de métal étincelant, à la pointe effilée, prit son vol.

Alors, à la seconde même où le fer entra dans la chair de King et juste à l'instant où le sang parut, Patricia hurla comme s'il s'était agi de sa propre chair et de son propre sang. Et au lieu de retenir King de toutes ses forces, de toute son âme comme elle l'avait fait jusque-là, elle le lâcha, le poussa, le jeta droit sur l'homme noir.

Le lion s'éleva avec une légèreté prodigieuse et sa masse hérissée, rugissante retomba d'un seul coup sur Oriounga. Les deux crinières, la morte et la vivante, n'en firent qu'une.

Le *morane* roula à terre, mais couvert de son bouclier. Insensible au poids qui l'écrasait, aux

231

griffes qui l'atteignaient déjà, il frappait au hasard, aveugle, frénétique, de son glaive.

Patricia s'était approchée à la frôler de cette mêlée, de cette étreinte. Elle n'avait pas conscience de l'avoir voulue, provoquée, appelée, préparée d'un instinct têtu et subtil. Elle n'avait plus conscience de rien, sauf qu'un homme avait osé porter le fer sur King et que cette atteinte, l'homme devait la payer de sa mort. Et même ce mot ne signifiait rien pour elle.

C'est pourquoi, les narines et les lèvres dilatées, Patricia criait au lion, sans mesurer la portée de son cri :

— Tue, King, tue !

Déjà le bouclier, malgré la triple épaisseur du cuir, s'ouvrait sous les griffes tranchantes et déjà la misérable et sombre guenille humaine dépouillée de sa carapace dérisoire se tordait, se débattait, sous la gueule du trépas.

Je fermai les yeux, mais les rouvris aussitôt. Un grondement mécanique avait soudain couvert le grondement animal. Un tourbillon de poussière s'éleva sur la savane. De son sein la Land Rover surgit, lancée à la limite de sa puissance. Bullit était au volant. Arrivé à la hauteur d'un fourré tout proche, il freina de telle manière que la voiture hurla. Et il se trouva à terre. Et Kihoro fut près de lui.

Les paroles qu'ils échangèrent, je ne pouvais les entendre. Leurs mouvements intérieurs, je n'étais pas en eux pour les suivre. Mais il est des moments où quelques gestes, quelques expressions du visage permettent de tout sentir, de tout savoir.

— Tire, criait Bullit désarmé à Kihoro qui tenait à pleines mains les deux canons de son fusil.

— Je ne peux pas, disait Kihoro. Le Masaï est caché par le lion.

232

Car il ne pouvait pas venir à la pensée du vieil homme borgne qui avait servi de nourrice et de garde à Patricia depuis qu'elle avait vu le jour, au pisteur infaillible qui lui avait apporté King encore vagissant et aveugle, au descendant des Wakamba qui haïssait le *morane* et pour sa race et pour sa personne, non, il ne pouvait pas lui venir à la pensée, en toute justice, en toute vérité, que Bullit lui désignât une autre cible qu'Oriounga.

Bullit, alors, arracha le fusil des mains de Kihoro. Et toute son attitude montrait qu'il ignorait encore quel serait son plus prochain mouvement. Et puis il vit l'homme sous le fauve. Et, bien que cet homme fût un Noir, c'est-à-dire une peau abjecte sur une chair sans valeur et que ce Noir eût lui-même voulu et poursuivi sa perte, Bullit fut saisi, et au fond de sa moelle par la solidarité instinctive, originelle, imprescriptible, venue du fond des temps. Dans l'affrontement de la bête et de l'homme, c'est pour l'homme qu'il avait à prendre parti.

Et Bullit se rappela dans le même instant, et sans même le savoir, le contrat qu'il avait passé avec la loi et avec lui-même lorsqu'il avait accepté d'être le maître et le gardien de cette brousse consacrée. Il devait protéger les animaux en toutes circonstances, excepté celle où un animal menaçait la vie d'un homme. Alors, il n'y avait plus de choix. Il l'avait dit lui-même : à la bête la plus noble, son devoir était de préférer l'homme le plus vil.

Et enfin, et surtout, s'éleva chez Bullit l'appel primordial, refoulé, étouffé, et d'autant plus exigeant et avide : le désir du sang. Il y avait eu pendant des années interdiction majeure. Mais, aujourd'hui, il avait le pouvoir, il avait le devoir de lever le tabou. Bull Bullit pouvait, et devait, ne fût-ce qu'un instant, renaître à l'existence et connaître de nouveau, ne fût-ce qu'une fois, la jouissance de tuer.

Tout fut simple et prompt. L'épaule droite de Bullit s'effaça d'elle-même. Le fusil sembla prendre tout seul l'alignement nécessaire. A l'instant où King allait saisir le cou du *morane* entre ses crocs, une balle l'atteignit là où il le fallait, au défaut de l'épaule, droit au cœur. Il fut soulevé, rejeté par le choc et rugit de surprise plus encore que de colère. Mais avant même que ne s'achevât son grondement, une autre balle s'enfonçait en lui, tout près de la première, la balle de sécurité, le coup de grâce qui, autrefois, avait rendu célèbre le chasseur blanc à toison rousse, le grand Bull Bullit.

Et tout à coup ce fut le silence. Et tout à coup, à l'ombre des longues branches chargées d'épines, il y eut, couronnées de crinières, deux formes inertes : le corps d'un homme et le corps d'un lion. A leur côté, une petite fille se tenait sans mouvement.

Bullit courait vers ce groupe. Je le rejoignis à mi-chemin et criai :

— Comment... Mais comment...

Bullit me répondit sans comprendre, en vérité, qu'il parlait :

— Depuis hier, je faisais surveiller le Masaï. Mon *ranger* l'a suivi. Il a trouvé votre voiture et l'a prise. J'ai pu arriver à temps... Par chance.

Seulement alors, Bullit eut conscience de ce qu'il disait. Je le vis parce que le fusil lui échappa des mains. Un rictus misérable d'innocent, d'idiot, lui déforma le visage tandis qu'il répétait :

— Par chance... Par chance...

Puis il reprit figure humaine et chuchota :

— Pat, mon petit.

Mais Patricia regardait King.

Le lion gisait sur le flanc, les yeux ouverts, la tête

234

appuyée contre l'herbe. Il semblait attendre que Patricia vînt s'allonger contre lui une fois de plus. Et Patricia, qui n'avait pas encore appris qu'il existait une fin aux jeux les plus beaux, à l'être le plus précieux, Patricia se pencha sur King, voulut soulever la patte tutélaire. Mais la patte était d'un poids sans mesure. Patricia la laissa retomber. Elle tendit alors une main vers les yeux d'or, vers celui qui, à l'ordinaire, semblait rire et cligner. L'expression du regard n'avait plus de sens, plus de nom.

Patricia appuya ses paumes contre ses tempes, comme Sybil le faisait souvent.

— King, cria-t-elle d'une voix épouvantable, King, réveille-toi !

Une espèce de voile vitrifié commençait à recouvrir les yeux du lion. Il y avait déjà un essaim de mouches sur le sang qui se coagulait à l'endroit où les balles avaient porté.

Bullit étendit sa grande main sur les cheveux de Patricia. Elle l'évita d'un bond. Ses traits exprimaient la haine et l'horreur.

— Ne me touchez plus jamais, cria-t-elle. C'est vous... c'est vous...

Ses yeux allèrent un instant à King immobile et se détournèrent aussitôt. Elle cria encore :

— Il vous aimait. Il a si bien joué avec vous la dernière fois encore, dans la savane.

La voix de Patricia se brisa soudain. Elle avait dit avec tant d'orgueil, ce jour-là, que Bullit et King semblaient deux lions. Tous deux lui appartenaient alors. Maintenant, elle avait perdu l'un et l'autre. Des larmes douloureuses, difficiles, vinrent aux yeux de Patricia. Mais elle ne savait pas pleurer. Les larmes séchèrent aussitôt. Le regard de Patricia, brûlé d'un feu pareil à celui des hautes fièvres, appelait au secours. Bullit fit un pas vers sa fille.

235

Patricia courut vers Kihoro et entoura de ses bras le bassin rompu. Le vieux trappeur noir inclina sur elle toutes les cicatrices de son visage.

Bullit vit cela. Il y avait une telle humilité sur ses traits, un tel affaissement, que je craignis pour sa raison.

— Pat, murmura-t-il, Pat, mon petit, je te le promets, je te le jure, Kihoro te trouvera un lionceau. Nous prendrons un petit de King.

— Et je l'élèverai, et il sera mon ami, et, alors, vous, vous allez encore tirer sur lui, dit Patricia.

Elle avait détaché chaque mot avec une cruauté calculée, sans merci.

Une plainte rauque s'éleva en cet instant sous l'arbre aux longues branches. Elle venait de la poitrine lacérée d'Oriounga. Bullit retourna d'un coup de botte le corps tout sanglant. Le *morane* ouvrit les yeux, regarda le lion abattu, eut un rictus de victoire et perdit de nouveau connaissance.

Je demandai à Bullit :

— Qu'est-ce qu'il va devenir ?

— Ça regarde les siens, gronda Bullit. Ici ou près de la *manyatta,* il crèvera de toute manière.

Patricia considéra Oriounga gisant près de ses armes rompues.

— Lui au moins, il était brave, murmura la petite fille.

Soudain elle se détacha de Kihoro, fit un pas vers Bullit.

— Et votre fusil ? lui demanda-t-elle. Vous avez promis de ne jamais prendre une arme.

— Il est à Kihoro, murmura Bullit.

Les yeux fiévreux de Patricia étaient devenus immenses et ses lèvres toutes blanches. Elle dit de sa voix feutrée, clandestine :

236

— Alors, Kihoro, vous étiez sûr de le trouver ici ? Pourquoi ?

Bullit baissa la tête. Sa bouche tremblait, incapable d'émettre un son.

— Vous m'avez toujours fait suivre, dit Patricia.

Le front de Bullit se courba davantage.

— Et il vous a obéi contre moi, dit encore Patricia.

Elle se détourna de Bullit et de Kihoro comme d'ombres sans substance et se pencha sur King. Le seul ami pur. Le seul qui, en sa tendresse et sa puissance, ne l'avait jamais meurtrie, jamais trompée.

Il ne pouvait pas être devenu d'un seul coup et sous ses propres yeux, sourd, aveugle, sans mouvement et sans voix.

Il n'avait pas le droit de s'obstiner dans une insensibilité, une indifférence monstrueuses alors qu'elle souffrait à cause de lui comme elle n'avait jamais su qu'on fût capable de souffrir.

Patricia agrippa furieusement, sauvagement la crinière de King pour le secouer, le forcer à gronder ou à rire. La tête du lion ne bougea pas. La gueule resta béante, mais inerte. Le regard était de verre. Seul, l'essaim des grosses mouches s'éleva, tourbillonnant et bruissant, au-dessus de la plaie déjà sombre.

Pour la première fois, je vis la peur saisir les traits de Patricia. La peur de ce qui ne se conçoit pas, de ce qui ne peut pas être. Patricia lâcha la toison et d'instinct leva le visage vers le ciel, le soleil. De grandes formes noires aux ailes déployées et à tête chauve tournoyaient au-dessus de l'arbre de King.

Un cri ténu mais atroce par la révélation qu'il exprimait échappa à Patricia. Il n'existait pas d'écriture aussi lisible pour la petite fille du Parc royal que les cercles tracés par un vol de vautours. S'ils se rassemblaient de la sorte, c'était pour fondre sur une bête crevée — elle le savait depuis toujours. Et Patricia avait tant vu de ces chairs mortes — antilopes, buffles, zèbres, éléphants — que rien, jusqu'alors, ne lui avait semblé plus simple, plus naturel, plus conforme à l'ordre de la brousse... Un cadavre... Une charogne... Voilà tout.

Et même Ol'Kalou. Et même Oriounga.

Mais King, non ! King, ce n'était pas possible ! Elle l'aimait et il l'aimait. Ils étaient nécessaires l'un à l'autre. Et voici que, étendu près d'elle dans son attitude familière de protection, de tendresse et de jeu, il s'éloignait chaque instant davantage. Et comme en lui-même, comme au fond de lui-même. Il s'en allait... Mais où ? Mais où était-il déjà parti puisque les vautours approchaient, approchaient sans cesse pour le dévorer, lui, le tout-puissant ?

Les sentiments essentiels — la maternité, l'amitié, la puissance, le goût du sang, la jalousie et l'amour — Patricia les avait tous connus par le truchement de King. C'était encore le grand lion qui lui faisait découvrir le sentiment de la mort.

La petite fille chercha de ses yeux obscurcis par l'épouvante un homme qui pût l'aider contre tant de mystère et d'horreur. Elle ne trouva qu'un étranger, un passant. Lui, du moins, il n'avait pas eu le loisir de la blesser.

— Emmenez-moi, emmenez-moi d'ici, me cria-t-elle.

Je pensai qu'il s'agissait seulement de l'endroit où nous étions. Mais la petite fille cria encore :

— Je ne peux plus voir mon père, je ne peux plus voir ce Parc.

Mes mains se posèrent aussi doucement que possible sur les étroites épaules toutes raidies.

— Je ferai comme vous voudrez, dis-je à Patricia.

Elle s'écria alors :

— Emmenez-moi à Nairobi.

— Mais où ?

Patricia eut, de biais, pour Bullit, un regard chargé de haine.

— A la pension où j'ai déjà été, dit-elle froidement.

Je crus à un simple réflexe de fureur, de vengeance et qui passerait vite. J'avais tort.

XV

Nous partîmes pour Nairobi avant même le lever de la lune. Ainsi l'avait exigé Patricia. La passion voisine de l'hystérie qu'elle avait montrée auparavant pour s'accrocher au Parc royal, elle venait de la mettre en œuvre, mais avec une violence silencieuse et comme hantée, pour abandonner au plus vite ces mêmes lieux. La pensée d'y subir une seule nuit encore avait agité la petite fille de convulsions qui pouvaient mettre en péril la santé de son corps et de son esprit. Il avait fallu céder. Nous devions dormir dans un hôtel de Nairobi et je devais ensuite conduire Patricia à la pension qui l'avait déjà reçue.

Patricia n'avait permis à personne de s'occuper des préparatifs de son voyage. Elle avait choisi elle-même pour la route une robe de lainage léger, un manteau de tweed, un chapeau de feutre rond. Elle avait trié elle-même et plié les vêtements qu'elle emportait. Il n'y en avait pas un — salopettes, souliers de brousse — qui rappelât ses courses dans la Réserve.

Maintenant, une petite valise et la serviette qui contenait des cahiers et des livres de classe étaient posées entre nous sur la banquette arrière de la voiture. Bogo la mit en marche. Deux *rangers* armés se tenaient près de lui. Ils avaient pour mission de nous accompagner jusqu'à la sortie du Parc. On pouvait faire des rencontres dangereuses. Aucun visiteur n'avait eu liberté jusque-là de surprendre les animaux dans leurs heures nocturnes.

La hutte qui m'avait abrité disparut. Ensuite le village nègre. Nous prîmes la grande piste médiane. Patricia, enfoncée et tassée dans son coin, n'était, sous le chapeau rond, qu'une petite ombre vague. Elle tenait la tête tournée vers l'intérieur obscur de la voiture. Elle ne faisait pas un mouvement. On eût dit qu'elle ne respirait pas.

Son silence, surtout, m'effrayait. Il fallait l'obliger à sortir de cette solitude terrible. Je posai la première question qui me vint à l'esprit.

— Pourquoi avez-vous refusé que votre mère, au moins, vous accompagne ?

Patricia ne remua pas et dit entre ses dents serrées :

— Elle a beau pleurer pour moi, elle est contente.

Et c'était vrai. A travers les larmes de Sybil et malgré la douleur qu'elle avait éprouvée à voir tant souffrir Patricia, je l'avais sentie heureuse. Enfin, était exaucé le désir le plus profond qu'elle nourrissait pour le bien de sa fille et dont elle avait désespéré qu'il pût s'accomplir.

— Mon père lui reste, elle se plaira à le consoler, dit encore Patricia d'une voix qui faisait mal.

Et c'était vrai encore. Le tourment de Bullit offrait à Sybil une tâche merveilleuse. Elle s'y était déjà appliquée sous nos yeux avec un visage rajeuni. Et Bullit gardait son amour, son métier, son whisky.

A Patricia, il ne restait plus rien. Par sa faute ? En quoi ? Elle avait eu un lion. Elle avait eu un *morane*. Elle avait voulu seulement leur faire jouer un jeu que son père bien-aimé lui avait conté tant de fois.

Les phares de la voiture faisaient jaillir de l'ombre le grain de la piste et des arbres et les sous-bois. Tout à coup, une sorte de rocher en marche barra la route. Bogo arrêta la voiture d'un seul coup de frein. Les *rangers* lui crièrent quelque chose. Il éteignit les phares. L'énorme éléphant, masse plus noire que la nuit, demeura tourné vers nous. Sa trompe se balançait lentement, confusément.

— C'est un solitaire, sans doute? demandai-je à Patricia.

Elle ne répondit pas. Elle ne regarda même pas la forme colossale. Elle reniait, rejetait le Parc royal et son peuple.

L'éléphant s'ébranla, passa près de nous, s'enfonça dans un taillis d'épineux. On entendait craquer la brousse.

Bogo relança la voiture. Patricia était immobile, la tête inclinée sous son chapeau rond. Soudain, elle saisit la poignée de la portière, l'entrouvrit et fut sur le point de sauter dehors. Elle avait eu beau se verrouiller en elle-même d'un effort désespéré, elle avait su que nous étions arrivés à l'endroit où, de la grande piste, partait le sentier qui menait vers l'arbre aux longues branches.

Je ne fis rien pour la retenir. J'étais obsédé par ce qui l'attendait à Nairobi : le dortoir, le réfectoire, la prison de bonne société. Mais Patricia rabattit elle-même la portière et se rencogna plus profondément, encore. Seulement elle tremblait.

J'étendis un bras par-dessus sa petite valise, cherchai sa main. Elle l'enfonça dans la poche de son manteau.

La lune était haut dans le ciel quand nous atteignîmes, au centre du Parc royal, une immense plage circulaire, brillante et lisse, qui avait été autrefois recouverte par les eaux d'un lac. La clarté nocturne faisait courir à sa surface un scintillement d'ondes argentées. Et dans ce mirage lunaire, qui s'étendait jusqu'à la muraille du Kilimandjaro, on voyait jouer les troupeaux sauvages attirés par la liberté de l'espace, la fraîcheur de l'air et l'éclat du ciel. Les bêtes les plus lourdes et les plus puissantes, gnous, girafes et buffles, se déplaçaient calmement le long du cirque enchanté. Mais les zèbres, les gazelles de Grant, les impalas, les bushbucks se mêlaient au milieu du lac desséché dans une ronde sans fin, ni pesanteur ni matière. Ces silhouettes désincarnées et inscrites sur l'argent de la nuit ainsi qu'à l'encre de Chine, glissaient à la surface d'un liquide astral, filaient, s'élançaient, se cabraient, s'élevaient, s'envolaient avec une légèreté, une vitesse, une aisance et une grâce que leurs mouvements, même les plus nobles et les plus charmants, ne connaissaient pas dans les heures du jour. C'était, imprégnée, menée par le clair de lune, une danse folle et sacrée.

Patricia tremblait de plus en plus fort, de plus en plus vite. Et ce fut elle qui saisit ma main et la serra comme si elle se noyait.

— Il est seul, gémit-elle. Tout seul. Pour toujours.

Le premier sanglot fut difficile qu'il ressembla à un râle. D'autres suivirent plus aisément le chemin frayé.

Patricia se mit à pleurer comme l'eût fait n'importe quelle petite fille, comme n'importe quel enfant des hommes.

Et les bêtes dansaient.

ŒUVRES DE JOSEPH KESSEL

LA PISTE FAUVE, *récit.*

LA VALLÉE DES RUBIS, *nouvelles.*

HONG-KONG ET MACAO, *reportage.*

LE LION, *roman.*

LES MAINS DU MIRACLE, *document.*

AVEC LES ALCOOLIQUES ANONYMES, *document.*

LE BATAILLON DU CIEL, *roman.*

DISCOURS DE RÉCEPTION à l'Académie française et réponse de M. André Chamson.

LES CAVALIERS, *roman.*

DES HOMMES, *souvenirs.*

LE PETIT ÂNE BLANC, *roman.*

LES TEMPS SAUVAGES, *roman.*

Traduction

LE MESSIE SANS PEUPLE, par Salomon Poliakov, version française de J. Kessel.

Chez d'autres éditeurs

L'ARMÉE DES OMBRES.

LE PROCÈS DES ENFANTS PERDUS.

NAGAÏKA.

NUITS DE PRINCES *(nouvelle édition).*

LES AMANTS DU TAGE.

FORTUNE CARRÉE *(nouvelle édition).*

TÉMOIN PARMI LES HOMMES.

TOUS N'ÉTAIENT PAS DES ANGES.

POUR L'HONNEUR.

LE COUP DE GRÂCE.

TERRE D'AMOUR ET DE FEU.

ŒUVRES COMPLÈTES.

COLLECTION FOLIO

Dernières parutions

Impression S.E.P.C. à Saint-Amand (Cher),
le 4 juillet 1994.
Dépôt légal : juillet 1994.
1ᵉʳ dépôt légal dans la collection : février 1972.
Numéro d'imprimeur : 1665.
ISBN 2-07-036808-4./Imprimé en France.